CHÂTEAU BOUGON

STÉPHANE HOFFMANN

CHÂTEAU BOUGON

ALBIN MICHEL

ISBN : 2-266-05029-X

Pour Isabelle

« Aux jours de dimanche et de fête
J'aime à parler guerre et combats
Tandis que les peuples, là-bas,
Se cassent la tête.

Je vais m'asseoir sur les coteaux
Qui sont voisins de la rivière
Et je vois passer les bateaux
En vidant mon verre ! »

Jules Barbier et Michel Carré
d'après Goethe,
« Chœur des bourgeois »,
Livret du *Faust,* de Gounod,
Acte II, scène 1.

I

JE les avais toujours méprisés, mais je les avais toujours servis. C'est au mariage de Laetitia Vaudant que je me suis mis à les haïr et à les combattre. Laetitia! Quelle mouche pique donc les pères? Je vois ça d'ici, la dame de l'état civil posant son porte-plume : « Létissia, c'est le nom de famille? » Et Vaudant d'expliquer bravement que, pas du tout, Madame, le nom de famille, c'est Vaudant. Laetitia, c'est le prénom, ça veut dire « la joie »!

La joie, vraiment? Laetitia s'est mariée samedi. Joli mariage, en vérité. Lisez le journal de ce matin, on s'est amusé. Moi surtout. Mes salauds, comme je vous ai eus!

Joli mariage, oui. Ils étaient là, tous. Les puissants et les impuissants de cette ville. J'y étais, bien sûr, je fais partie de cette bande. Enfin, j'en faisais partie.

II

SAMEDI matin. Les femmes riaient, Frédéric partit pour la piscine, moi pour la gare : le mariage de Laetitia Vaudant n'allait tout de même pas déranger nos habitudes, depuis dix ans que mon fils passait ses samedis matin dans l'eau glacée des bains et la vapeur des douches; depuis plus de trente ans que j'allais, au buffet, lire la presse devant un jambon-beurre-cornichons et quelques bières.

En trente ans, je n'ai jamais rencontré personne dans ces virées. Mais là, fouillant au kiosque à la recherche d'un magazine bien énervant, je bute sur... Rivet! Rivet, cadre modèle, le chef du service Études. Précis. Ponctuel. Honnête. Lisse. Empressé. Emmerdant comme la fumée. Menant une vie de métronome. Portant exprès des costumes démodés. S'efforçant de passer inaperçu. Y parvenant tout à fait. N'ayant aucun ennemi, car on le croit employé subalterne, il a un des salaires les plus élevés de la banque. Comme il n'est craint de personne, il voit tout et s'arrange pour me faire savoir des choses sans avoir l'air de me les dire; bref, c'est mon âme damnée. Lors de la collision, il feuilletait en rougissant une revue où des dames ouvraient les cuisses, ce qui avait l'air de l'affoler complètement.

Me reconnaissant, il eut un air aussi perdu que si je l'avais surpris à voler dans la caisse ou à se branler devant une photo du président de la République. Panique, haine, envie de fuir, de pleurer, de demander pardon, de nier, défi, je lus tout cela dans son regard. Et que lut-il dans le mien, sinon un immense embarras, qui me coupa la parole?

Nous restions donc là, dans ce temps très court, mais interminable, lorsque Rivet me glissa la revue dans les mains, et se redressa en toussotant. Je me sentis un peu benêt.

III

« J'AI enfin nos places, lapin. »

Lapin? Une petite dame s'est avancée. Mme Rivet, Dieu soit loué, avec ses bonnes joues, son manteau râpé et son parfum au muguet. Moi, la revue grande ouverte, me penchant pour effleurer la main tendue puis, toussant, roulant les cuisses ouvertes pour les glisser dans la poche de mon imperméable. Rivet, ce culot! me regardant d'un air supérieur.

« Il n'y avait plus de fumeurs, lapin, j'ai pris des non-fumeurs. Tu iras dans le couloir, ou au bar. Enfin, on verra. »

J'avais bien tort de m'affoler, Suzanne Rivet m'ayant à peine regardé, tout à son voyage, n'en finissant plus de jacasser; le genre de femme à réfléchir tout haut, à faire des commentaires. La perruche, quoi.

« A propos, lapin, as-tu pensé aux journaux? »

Nouvel échange de regards entre Rivet et moi. Mais de connivence, cette fois, et de sympathie. Il allait répondre, mais elle, déjà partie...

IV

« Eh bien, Rivet, vous partez en voyage?

– Oui, monsieur le directeur... Enfin, en week-end. Je serai là lundi matin.

– Moi qui pensais que vous détestiez bouger.

– Il y a des cas où il est préférable de partir. »

Lassitude conjugale classique, pensai-je en regardant Suzon Rivet s'activer dans son étalage, il faut aérer la mémère. Un petit tour sur la côte, un rien de cha-ba-da-ba-da sur la plage, un dîner dans un restaurant intimidant, et le tour était joué. Pas bête, ce Rivet.

« Et vous aurez beau temps, bravo!

– Vous n'y êtes pas, monsieur le directeur, murmura Rivet, qui n'avait pas cessé de me fixer de son air " Méfie-toi, Félix ", vous n'y êtes pas du tout. »

Je rougis violemment, comme pris en faute. Rivet avait vraiment un don horripilant de retourner les situations. Qu'avait-il donc, tout à coup? Il semblait bien sûr de lui!

« Puis-je vous parler un instant, monsieur le directeur? me dit-il à l'oreille. Un instant seul à seul. »

Je le suivis dans la salle d'attente des voyageurs de première classe, qu'il fit fuir en claironnant que le train de Paris avait un quart d'heure d'avance. Puis, restés seuls, il m'expliqua, avec ces précautions oratoires qui, d'ordinaire, me ravissaient, mais qui m'exaspérèrent alors, qu'il partait en week-end pour éviter le mariage Vaudant.

Non pas le mariage, comprenez-moi bien, monsieur le directeur, mais ce qui se prépare autour, que je ne veux pas voir, et auquel je ne veux pas être mêlé. Et si je puis me permettre de risquer un conseil : n'allez pas, vous non plus, à ce mariage.

Je ne pus rien en tirer de plus, malgré mes questions polies, puis assez pressantes. Il m'énervait à jouer les femmes de César, à m'annoncer un complot dont je devrais me méfier. Me méfier! Comme si je ne passais pas ma vie à cela! Comme si ce n'était pas mon métier! Allez, bon voyage, lapin!

Cette fuite de Rivet, ces prédictions lâchées à mots couverts, tout cela me contraria, et je m'installai d'assez méchante humeur à ma table de buffet qui, tout de suite, comme chaque semaine, me rendit ma tranquillité d'âme. Rien que ça!

V

Ce buffet, je l'ai connu dans l'éclat doré des lampes de cuivre éclairant les peintures de Georges Bouscat à la gloire de la ligne – le premier rail posé par de robustes pionniers, les paysages traversés depuis Paris, l'entrée dans la gare de la première locomotive, avec des dames à voilette serrant des enfants contre leur manteau de caoutchouc –; je l'ai connu en néon rose, juke-box, linoléum, moleskine et formica; en acier brossé, moquette orange et murs marron; puis, dernier avatar, en néons jaunes, rouges et verts, zigzaguant au plafond, coulant de table en table, enlaçant le bar, bref, tentant de lui donner une atmosphère de flipper, selon les explications du décorateur à la SNCF extasiée. On parle déjà de restaurer les peintures de Bouscat et de remettre à l'honneur les matériaux des chemins de fer : tables faites de vieux rails, bar en locomotive compressée et sol en pierres de ballast; ce qui transformera ce buffet en magasin d'échantillons.

Eh bien, malgré cela, rien n'a changé. Malgré cela et malgré eux. Malgré ces décorateurs -fous-de-lumière-et-de-couleurs, ces architectes-attachés-à-la-matière et ces urbanistes-pensant-la-ville-en-tant-qu'espace-urbain, chargés par la SNCF de modifier ce qui n'avait pas besoin de l'être, et qui ont tour à tour tâché d'inscrire ce lieu-de-vie-dans-une-problématique-du-présent, mais sans pouvoir toucher à son âme, faite du cliquetis des flippers, du grincement des portes soufflant un air froid, des appels des garçons – leur geste pour chercher la monnaie dans la poche de leur gilet –, du glissement des verres humides sur les tables, du sifflement des percolateurs, des réclames pour boissons démodées, de l'acidité de la bière, et de tous ces gens, tous ces gens pressés, qui vibrent, volent et qui ne volent pas!

Oui, tous ces gens du buffet de la gare, au fond d'une cinquième bière, la tête chaude et la vessie lourde, comme je me prends à les aimer! Comme je me sens pareil à eux, que pourtant je n'admettrais pas dans mon salon, que je ferais chasser de ma banque! Comme il me plaît de les côtoyer!

Ces familles en anoraks partent aux sports d'hiver, et l'air un peu pincé de Madame de sentir Monsieur très à l'aise dans « ce genre d'endroit », et la petite pleurnicheuse, déjà en bottes fourrées et collants, et qu'il faut emmener faire pipi. La vieille rentre du marché avec son chien. L'incontinent se précipite aux toilettes. Le soucieux entre juste pour téléphoner. Le VRP a un rendez-vous et constate, vexé, qu'il est en avance. Le même, quinze jours plus tard, accourt réjoui, essoufflé, en retard, parce que, c'est fou, impos-si-ble de trouver une place. « Ça fait longtemps que vous êtes là? » demande-t-il, un peu condescendant, savourant son triomphe. « Je viens d'arriver », fait l'autre, qui a déjà bu deux bières. Le snob se croit dans un endroit à la mode. Le craintif cherche les toilettes sans oser en demander le chemin. L'esseulé boit parce qu'il a des soucis et son visage s'enflamme après le troisième verre, et il parle tout seul. Les appliqués préparent le tiercé. Les enflammés interpellent. Les allumés fêtent une promotion. Les éteints ne se sont pas couchés et terminent une nouba. Les tristes tardent à partir. Les jolies étudiantes ôtent leurs bracelets pour recopier des cours. Les centristes ne savent pas quoi prendre. Les gaullistes prennent toujours la même chose. Les courbés disent merci au garçon. Les rougeauds pètent sur les banquettes. Le notaire a ses habitudes mais, escorté de Madame, prend un air digne pour qu'on ne lui dise pas : « Salut Pierrot! » Des soulagés reviennent d'un enterrement. Des horrifiés le sont à l'idée de rentrer chez eux. Les résolus ont décidé de ne plus boire mais, allez! se laissent faire. Les bronzés viennent de recevoir leurs photos de vacances. Les anxieux, toutes les cinq minutes, vont voir sur le quai si le train n'arrive pas. Les ambitieux refont le monde. Les aigris défont les autres. Les austères trouvent que ceux qui traînent ici perdent leur temps. L'épouse zélée accompagne, malgré lui, son soiffard de mari, en espérant que sa seule présence l'encouragera à la tempérance; elle prend un Vittel-menthe, il commande timidement une Carlsberg, euh... une Tourtel. Des ravis redécouvrent les plaisirs de l'endroit et se souviennent des anciens gérants. Les habitués que la patronne n'aime pas. Les tendres écrivent des lettres d'amour en souriant. Des humbles qui disent au revoir et on ne leur répond pas. Des superbes à qui on dit au revoir ne répondent pas. Des connaisseurs, une fois l'an, goûtent au Beaujolais nouveau, qui est toujours moins bon que celui de l'an passé. Les mesurés ont juste assez d'argent pour un café. Les militaires, zéro! nom de Dieu! fêtent la quille. Les collégiens arrivent en week-end et attendent un car. Le sanguin a remarqué une fille qui lui plaît. La fille se tortille, heureuse et agacée d'être reluquée. Les moqueurs s'installent en terrasse pour critiquer les passants. Les cadres chrétiens aident les vieilles dames à porter leur valise. Les raffinés font une entrée étudiée, talons claquants, bassin chaloupé. Les humbles doutent d'eux-mêmes. Les superbes ne doutent de rien. Les tousseurs s'aperçoivent qu'ils n'ont plus de cigarettes. Les prudents vérifient que leur braguette est bien fermée. Les comptables comparent leur addition à la carte. Les passionnés de l'espèce humaine jettent un coup d'œil vers la porte dès qu'entre quelqu'un. Les épanouis contemplent les bulles de leur bière en songeant qu'ils sont les plus heureux du monde. Les effrayés voient entrer quelqu'un qu'ils veulent éviter. Les malins n'ont pas payé leur parcmètre et s'assurent sans cesse qu'un flic n'est pas dans le secteur. Les bras ouverts retrouvent une vieille connaissance. Les paumés sont entrés pour un café et sont toujours là deux heures plus tard. Les nerveux nettoient leur siège d'un coup de journal. Les attentionnés ne veulent pas que les filles paient. Les attentifs s'arrangent pour ne pas payer. Les accoudés au comptoir contemplent les autres. Les distraits commandent des boissons n'existant plus. Des abattus savent qu'ils se feront engueuler en rentrant. Les raides ne boivent pas d'alcool. Les rougissants n'arrivent pas à se faire entendre du garçon. Les malchanceux, à qui on apporte une boisson qu'ils n'ont pas commandée, n'osent rien dire. Les fastueux laissent ostensiblement un pourboire. Les méthodiques passent les mains entre les banquettes pour trouver des pièces. Les sourcilleux consultent les petites annonces et râlent parce que le téléphone est occupé. Les onctueux veulent se faire payer un coup par le patron. Il y a même des égarés qui viennent juste pour se désaltérer!

Voilà mes compagnons du samedi matin, depuis trente ans qu'à dix heures je m'assieds à cette table, avec ma pile de journaux. Cette habitude est la seule, vraiment, que j'aie, la seule à laquelle je tienne, pour laquelle je sois prêt à me battre. Car elle abolit le temps et tout ce qu'il peut charrier avec lui de petits emmerdements qui ne sont rien, mais qui parviennent à vous gâcher une heure, comme ce Rivet avec ses mystères! L'actualité aussi abolit le temps : ces événements qui changent toutes les semaines, mais qui n'ont pas changé depuis des siècles que tout est déjà arrivé à l'humanité. Ces événements qui changent, mais qui ne changent rien. Ces affaires pour lesquelles on s'échauffe, pique des colères, insulte, espère, aime et rêve, mais dont on se moque complètement, et qu'on oublie sitôt les journaux à la poubelle. Depuis trente ans, on assassine des vieilles dames, on bénit ou soulève des foules, on se fait la guerre pour mieux s'embrasser, les ministres de l'Éducation « attachent leur nom à des réformes », les petits marquis s'affolent autour des vieux barbons pour mieux leur piquer leurs places, les avions s'écrasent, les bonnes âmes s'émeuvent, les princesses ont des enfants et des amants, les bonnes consciences s'agitent, les jeunes pensent qu'ils arrivent trop tard, les vieux qu'ils partent trop tôt, les genoux se découvrent et se couvrent, les cheveux sont longs puis courts, et on se demande à quoi sert l'Angleterre. Et depuis trente ans, rien ne change. Et moi, depuis trente ans, tous les samedis, je m'échauffe, pique des colères, insulte, espère, aime et rêve; et je m'en moque complètement.

Ce que j'aime le plus, dans mes journaux du samedi, ce sont les monstres et les princesses. Ceux qui ne se contiennent plus et celles qui sont obligées de se contenir pour plaire à des gens dont elles n'ont rien à faire, qui ne les aident pas à vivre et qui ne les aiment finalement pas. Les princesses qui ne peuvent être pleinement elles-mêmes, qui sont obligées de jouer leur rôle, d'occuper la place où on les attend et dont il n'est pas question de bouger, sous peine d'être impopulaire, ce qui est inconcevable. Et c'est par là que le peuple les tient, auquel elles sont obligées de plaire pour continuer à exister, c'est-à-dire à ne pas vivre. Le pire est qu'elles se plient à cette exigence. Après quelques fredaines, elles rentrent dans le rang sous prétexte de tenir leur rang. Tant pis pour vous, petites princesses dédaigneuses!

Et ces monstres qui, en un éclair, voient basculer une vie bien droite, mais trop étroite. Ces monstres qui « plongent dans l'horreur », mais une horreur où ils sont pleinement eux-mêmes, où ils respirent enfin de violer des campeuses et des autostoppeurs, tuer des vieilles dames, découper des étudiantes en morceaux, voler des pauvres et massacrer des villages entiers. Ces gens-bien-sous-tous-rapports et qui deviennent des bouchers-sanguinaires, comme je voudrais parfois les connaître et devenir leur ami, leur confident, comme je me sens proche d'eux! Comme je ne suis pas à l'abri de tels égarements, qui sont parfois des accomplissements! Je m'étonne toujours de ne pas me trouver à la rubrique des faits divers, et me demande par quel miracle, par quel hasard j'ai réussi, moi qui me sais malfaisant, à me tenir, jusqu'à présent, à faire taire une partie de moi-même, la plus intéressante, sans doute. A quarante-cinq ans bientôt, je n'ai encore tué personne. Cela m'étonne, cela me fait honte, et cela m'inquiète, car je m'en sais capable.

Ce samedi-là, Buckingham attendait une naissance, Stéphanie de Monaco avait largué son Jules et Maria-Térésa était bien convenable pour une roturière. Mais les vieilles dames du XVIIIe continuaient de trembler et on déconseillait aux militaires des Ardennes de faire de l'autostop, cependant qu'on apprenait que l'avocat bordelais assassiné avait des maîtresses peu recommandables. J'en étais là de mes investigations, et me préparais à aborder les pronostics de la huitième journée de Championnat de France de football quand un homme vint s'asseoir en face de moi, essoufflé, assez rouge.

VI

« Eh bien, mon cher, vous m'aurez fait courir... »

Germain Fiducier. Ancien grutier du port, devenu patron d'une compagnie de dockers, et de diverses autres sociétés. Self-made-man d'assez mauvaises manières et de très mauvais goût, fort méprisé de la haute société du Cours, à qui il prête de l'argent pour des réceptions où il n'est pas convié. Nous nous aimons bien. Nous nous attardons ensemble, tous les deux mois environ, en d'interminables repas où il me raconte la ville, vers quatre heures, dans l'odeur des cigares, lorsque la tentation le prend d'offrir du champagne à toutes les tables.

Il s'assied donc en face de moi, commande bruyamment une bière, empile mes journaux sur la table voisine et m'engueule.

« Comment pouvez-vous être là, Dumain? si tranquillement, alors que se prépare contre vous un complot dont peut-être vous ne vous relèverez pas. Votre femme m'a dit que je vous trouverais ici, alors j'ai couru vous avertir de vous méfier. »

Lui aussi! J'eus un geste pour protester, un sourire.

« Taisez-vous, Olivier! Vous savez, ce mariage, ce mariage de cet après-midi. Vous pensez peut-être, comme la majorité de vos amis, qu'il est la délicieuse conclusion d'une merveilleuse histoire d'amour? Pas du tout, c'est un piège. Un piège de Vaudant et de sa clique contre vous, contre cet abracadabrant montage financier qui lie le sort de votre banque à celui de ce voyou. Car l'argent qui paiera cette fête, d'où le tient-il, sinon de vous? Vaudant n'a plus un sou, vous le savez fort bien. Son entreprise est en règlement judiciaire et le sadique [1], ce bon maître Hernage, qui a affrété le Concorde [2], reste raide et fort sourcilleux. Il vous demandera des comptes, et vous n'êtes pas clair dans cette affaire. Croyez-vous que Vaudant ne soit pas homme à en profiter? Il a mis ses créanciers, les principaux de vos clients, dans son jeu. Et il va vous mener la vie dure, très dure. »

Fiducier parlait beaucoup, et il buvait plus encore. Il en était à sa troisième bière que déjà je ne l'écoutais plus. Il avait raison, j'avais imprudemment prêté à Vaudant un argent qu'il n'avait pas le droit de recevoir, sa situation étant telle que chaque centime qu'il recevait devait servir à désintéresser ses créanciers. Si donc Vaudant arrivait à ne plus faire face à ses obligations, ma responsabilité s'en trouverait engagée. En profiterait-il? Je ne le pensais pas.

« Allons donc, Olivier, ne faites pas d'enfant [3], pensez-vous qu'il s'en privera? Pensez-vous qu'il n'essaiera pas de faire pression sur vous? Pensez-vous que quelques-uns de ses créanciers, qui sont vos clients, ne se ligueront pas, avec lui, contre vous, pour obtenir des avantages qu'ils ne pourraient autrement espérer? Je suis venu vous prévenir. Méfiez-vous. Ils seront tous là aujourd'hui, et contre vous. »

Note de l'Auteur : Lorsque Germain Fiducier s'échauffe, il lui arrive d'employer certains mots pour d'autres. Il nous a semblé qu'une traduction était parfois nécessaire. La voici :

1. Syndic.
2. Accordé le concordat.
3. L'enfant.

VII

La rue me calma. Voyez l'avantage de vivre en province, dans ces vieilles villes démodées et repues, pesantes et pleines d'elles-mêmes, simplement agacées que le monde, pour qui elles ont un peu compté autrefois, se soit mis à tourner sans elles.

Il y avait dans l'air une de ces tiédeurs sèches de fin de printemps, où les femmes sortent les jambes, aiguisent les regards et se passent la main dans les cheveux. Une insouciance, une légèreté excitant la gourmandise, appelant à vivre débraillé et à s'étourdir de bêtises. Une ambiance de fin d'année, au collège, quand on rentre en nage des tennis, pour l'étude du soir, en parlant très fort, en ces jours où tout est possible.

Jamais je n'ai, autant qu'à cet instant-là, aimé ce vent chaud de juin qui se glisse sous la chemise, vous caresse la peau et vous pousse à la plage, loin des bureaux et des registres, pour l'été désordonné.

Vraiment, il faisait beau. « Les Vaudant ont de la chance, se disait-on dans les appartements du Cours, ils vont avoir beau temps. » Ce mariage, c'est peu dire que je m'en moquais. La maison Vaudant en effervescence. Les cousins arrivés la veille, les toilettes repassées, sorties de papiers de soie. La coiffeuse Reine dépêchée, préparant laque, épingles et couronne de fleurs d'oranger. Les petites cousines aux joues rouges courant dans les couloirs. La grosse Laetitia s'étant levée dignement pour se glisser dans la baignoire, comme indifférente à l'agitation autour d'elle. A quoi pensent donc les jeunes filles, dans leur bain, le jour de leur mariage?

Rivet et Fiducier m'amusaient avec leur complot! Que pouvait-il se passer de grave, dans cette ville si paisible, à part des histoires d'amour, et encore? Elle a tellement tout avalé, cette ville, elle en a tellement vu sans que rien ne change aux frontons de ses hôtels, aux devantures de ses boutiques, aux rives de son fleuve, aux arbres ou aux marbres de ce Cours où se succèdent, depuis tant de siècles, ces notables arrogants dont je suis né!

A force de plastronner dans nos salons, nous avons oublié la modestie de nos origines, la hargne et la rudesse de nos pères, qui ont permis la richesse qui nous endort, et dont nous ne voulons même plus savoir les noms.

Ils auraient pourtant beaucoup à nous apprendre. Ils avaient l'audace, nous n'avons que la prudence. Ils conquéraient, nous ne faisons que protéger. Ils avaient l'envie de gagner, nous n'avons que la peur de perdre. Élégants, avec ça, raffinés, charmants, mais tellement frileux. De pauvres types au sang maigre et aux vestes de cachemire, voilà ce que cette ville douce a fait de nous.

Cette ville fut batailleuse et narquoise. Serrées autour de son château, les rues retentissaient du cri des échoppes et du tapage des ateliers; de son port glissaient des navires lourds de nègres et d'épices, d'étoffes et de bois rares. Tous, nous avons commencé là, dans ces ruelles puantes où nous ne passons plus qu'en Mercedes. Nous nous sommes engraissés à la force de nos muscles; les muscles ont fondu, la graisse nous a étouffés. Nos domestiques vinrent bientôt nous chercher dans les cabarets d'où, à force de jeter des cerises dans les décolletés des danseuses, de boire du champagne dans leurs godasses, les soirs où nos femmes bourdonnaient à l'église, nos enfants bâillant auprès d'elles, nous ne pouvions plus sortir. Puis les danseuses sont parties avec nos domestiques, et que nous reste-t-il? Nos femmes, que nous ne savons même plus aimer, et nos affaires, que nous ne voulons même plus sauver, et qui disparaissent peu à peu à cause des syndicats, des Japonais, des socialistes, de tout ce qu'on voudra, mais surtout de notre mollesse, et parce que ici, on s'ennuie à mourir.

VIII

NOTRE famille possède la dernière banque d'affaires de la région. Maison solide, encore indépendante, plus que centenaire, nos coffres ont toujours enfermé le bon et gras argent de cette ville, et il est chic d'avoir ses comptes chez Dumain. Pendant cinquante ans, mon oncle Alfred, avec ce mélange de rigueur et de dissipation qui fait les financiers prospères, tint la boutique, y consacrant le plus clair de son temps. Ses fils étaient plutôt portés sur les dames et les automobiles, dont ils moururent tous les deux; occasion pour mon oncle d'organiser des funérailles où il sut larmoyer, avoir le teint pâle et la démarche mal assurée, en soutenant la pauvre mère éperdue de douleur. Excellente comédie. Montrer qu'on a du cœur est parfois juteux.

Le lendemain, laissant ma tante à ses prières et à ses tables tournantes, il me fit appeler, réunit autour de moi son conseil d'administration, auquel il me présenta comme son bras droit, puis éventuel successeur, si je me montrais à la hauteur. La vision de ces messieurs soudain mauves, cachant à grand-peine leur surprise et leur haine, me remplit d'une joie féroce.

Bien sûr, j'en ai bavé; pendant quatre ans, environ, jusqu'à mon mariage avec Sylvie. Il ne m'a certes pas fallu quatre ans pour apprendre les mécanismes, assez grossiers dans une maison comme la nôtre, des finances. Mais il m'a bien fallu ce temps pour apprendre les mécanismes des financiers. Humiliations, flatteries, grossièretés, jalousies, rien, Dieu merci, ne me fut épargné; et mon oncle ne m'aidait pas. Ayant décidé que je passerais dans chaque service, il ne voulait aucune relation avec moi tant que je n'aurais pas effectué mon « tour de France » et me faisait interdire l'entrée de son bureau. Je ne le rencontrais qu'aux réunions de famille. « Alors, Olivier, le boulot, ça boume? – Euh... oui, pas mal. – Bien, bien. Château Bougon? – Château Bougon, mon oncle! »

Les pièges qu'ils m'ont tendus, je les ai déjoués, tous. Ne m'applaudissez pas, ce fut assez facile. Dans le dénuement où me laissait mon oncle, et qui passait pour un désaveu, roulaient des paris sur mes chances d'arriver à la tête de l'affaire, et ma cote n'était pas fameuse.

Ces années-là, j'ai vraiment été abandonné de tous, y compris de mes amis, qui poursuivaient d'insouciantes études, roulaient en décapotable vers la Provence, s'engueulaient dans les cafés, frémissaient dans les ciné-clubs, embrassaient des filles sur les plages. Nous n'avions plus la même vie, nous n'avions plus aucune raison de nous aimer.

Le seul que je voyais régulièrement était Régis Vaudant, entré, lui aussi, en apprentissage dans les usines de son père, embarqué vers le même destin que le mien. Mais nos rapports n'étaient pas agréables. Nous avions exactement la même vie, et toutes les raisons de ne pas nous aimer. Quand deux hommes du même âge ont tout pour se plaire, ils ont tout pour se détester. Plutôt que d'entendre les plaintes de Régis, malheureux, comme moi, mais geignard, je passais mon temps à la banque. Où j'étais seul, aussi. Où j'ai dû reconnaître ceux qui étaient mes amis, et ceux que je devrais abattre, et c'était souvent les mêmes. Où j'ai dû contracter des alliances avec des gens qui ne chercheraient qu'à me nuire. Où j'ai dû apprendre le profil bas, la patience, la lucidité, la froideur, la dissimulation et le pouvoir des femmes. Bref, mon rôle. Mon personnage. De cette fameuse réussite sociale, dont mes parents me bassinaient depuis l'enfance, et qui me paraissait tout acquise, il m'est apparu qu'on ne l'obtenait jamais par l'excellence de ses connaissances techniques, mais par la force de son caractère. Les premiers de la classe ne sont jamais les premiers.

Durant toutes ces années, je me suis donc appliqué à être médiocre en tout, afin de me faire pardonner ma filiation et oublier, en attendant mon heure. Ce jeu, que m'avait proposé le hasard par le truchement de mon oncle Alfred, je m'y suis donné complètement. Absolument. Comme s'il n'y avait aucun espoir de changement.

IX

J'AVAIS jusqu'alors mené une existence d'une insouciance commandée par la pusillanimité de mon père. Mon père, que j'adore, et qui a toujours avancé dans la vie en se cachant la tête du coude, comme pour se protéger des mauvais coups; ce qui a toujours été la meilleure façon de les recevoir.

Mon père pensait qu'il fallait se méfier, prévoir, s'économiser, peser le pour et le contre, raison garder. Bref, c'était un peureux. Mon éducation avait toujours été une mise en garde contre les coups du sort, et la phrase qui revenait le plus souvent était : « On ne sait jamais! » Mets ton pull! Apprends tes leçons! Ne parle pas aux gens! Ne dépense pas tout ton argent de poche! Tiens-toi bien à table! Le plus souvent, j'obéissais. Les consignes n'étaient point sottes, et c'était le meilleur moyen d'être tranquille. Mais qu'un ordre ou un conseil contrariât mes plaisirs, ou que je voulusse en savoir un peu plus, la réponse était la même, toujours : « On ne sait jamais. » Par l'amour qui la liait à mon père ou parce que la vie conjugale rend les couples semblables, je ne sais, ma mère prit bientôt le tic. « Je vais écrire à tante Pauline, on ne sait jamais. » Chez l'épicier : « Donnez-moi donc une livre de pois chiches en plus, on ne sait jamais. » Dans la rue : « Donne-moi la main, Olivier, on ne sait jamais », et j'enfouissais mes doigts dans sa main chaude.

Mais un jour, naïvement : « Vous dites toujours : " On

ne sait jamais. " Mais on ne sait jamais quoi? » Et eux, d'un même chœur tremblant, avec des yeux glacés d'inquiétude et de peur : « Ce qui peut arriver! »

Ah! vraiment les grandes personnes étaient de curieuses gens! Naturellement, on ne sait jamais ce qui peut arriver. C'est ce qui rend la vie excitante, acceptables les grandes réussites et les aventures politiques. Et pourquoi se rend-on fou d'amour? Parce qu'on ne sait jamais ce qui peut arriver.

X

La veille de mon mariage avec Sylvie, je reçus la visite de mon oncle Alfred. « Eh bien, mon petit Olivier, il me semble que tout va bien et que tu as appris ce que tu avais à savoir, et surtout ce qui ne s'enseigne pas. Alors voici mon cadeau de mariage. Tu deviens directeur général de notre maison, et vice-président du conseil d'administration. Avec appartement sur le Cours. Autrement dit, c'est à toi qu'il revient à présent de faire tourner la boutique. Cela ne m'amuse plus. A ton tour. Je ne serai plus là que pour la forme.

– Mais...

– Quoi, mais? Tu sais tout de ce métier. Et ce que tu ne sais pas, tu l'inventeras. Je n'ai rien de plus à te dire, sinon ceci : quoi qu'il arrive, m'entends-tu? quoi qu'il arrive ne laisse jamais tomber la Vaudant. Nos deux maisons sont nées et ont grandi ensemble. Et elles mourront ensemble, si elles doivent mourir. La Vaudant est une grande vieille baraque, un peu usée, mais solide, et qui fait vivre deux mille familles de cette ville. Elle aura besoin de nous. Ce Régis ne me dit rien qui vaille, il aura besoin de toi. D'ailleurs, tu feras partie de son conseil d'administration. Va aux réunions. Ne donne jamais ton avis, mais soutiens Régis, quoi qu'il fasse. Et ne lui refuse jamais aucun crédit. Jamais. Voilà mon dernier ordre. Bonne chance, mon petit. »

Il y a de cela vingt et un ans, j'en avais vingt-quatre. Et le monde à mes pieds, enfin! j'étais le maître du bordel. Château Bougon!

XI

Je le suis toujours. Simplement, je m'amuse moins, les gens de cette ville m'impatientent et me déçoivent, et je sais que nous ne ferons rien de mieux que nos aînés. Nous n'aurons été qu'un maillon dans une chaîne un peu ternie, et déjà se forme le maillon suivant. Ce sera bientôt fini pour nous. Nous n'aurons rien fait d'autre que subir, à notre tour, la molle pression de cette ville.

Cette ville est une ville du passé, une ville de successeurs et d'héritiers, de méfiants et de jaloux. La Puissance n'y est de bon goût qu'ancienne et un peu entamée. L'enthousiasme n'est admis que filtré par la Chambre de Commerce et le Lyon's. Et il n'est pas d'amusement concevable en dehors du Cercle Turenne. Qui sort du rang est immédiatement taillé en pièces; on n'existe pas si on ne fait pas partie du rang.

Le rang, j'en ai toujours fait partie. De par ma naissance et la situation que j'occupe à la banque Dumain depuis un quart de siècle. Je me suis pourtant toujours vanté de garder mon indépendance et de rester, contre tous, un homme libre. « Par exemple, tous les samedis matin, je vais lire la presse au buffet de la gare », ce qui semblait d'une rare audace, et me rendait suspect, presque socialiste, aux yeux de certains.

Et puis je me suis rendu compte que, sans même m'en apercevoir, le rang m'obligeait peu à peu à faire des choses dont je n'avais pas envie, et qui étaient le contraire de ce que j'aimais. Je jouais au golf, je portais des costumes croisés et des cravates Hermès, je lisais les prix Goncourt, j'allais voir les films de Zulawski, je m'ennuyais au Club Méditerranée, je buvais du Saumur Champigny frais, je changeais de voiture tous les ans, j'essayais de ne plus fumer, je soutenais la Vaudant, je suivais le Paris-Dakar, je donnais de l'argent aux Restaurants du Cœur, je recevais des relations d'affaires à dîner et accrochais à mes murs des tableaux à la mode, qui ne plaisaient à personne, mais qui faisaient chic. Voilà l'homme que le rang avait fait de moi. Il n'y avait pas de quoi se vanter. Qu'étais-je devenu? Un banquier transparent, un notable insipide, Seigneur!

Ce milieu du Cours, dont je continuais de me moquer, je n'avais pas vu que j'en faisais partie, totalement, jusqu'à m'en perdre. Certes, j'étais tranquille, serein, heureux, même. La ville, toujours. Cette ville rend serein parce qu'elle fait rendre les armes; n'aimant que la discrétion, tuant ceux qui brillent, elle peint en gris ceux qu'elle élève.

XII

Ce complot, dont me parlaient Rivet et Fiducier, arrivait à point nommé pour me réveiller et me fouetter les sangs. J'en fus vraiment heureux. Et plus encore lorsque, arrivant à la maison, dans ce fameux appartement du Cours offert par mon oncle, et dans lequel nous n'avions cessé d'habiter et de ne pas vivre, Frédéric claironna :

« Papa! Hervé Vaudant a appelé.

– Qui?

– Hervé Vaudant. Il faut que tu le rappelles, c'est urgent.

– Plus tard. Où sont les femmes?

– Elles se changent. Interdit de les voir.

– Ah! oui, le mystère! »

XIII

J'AVAIS toujours vu Sylvie en pantalon, les cheveux vaguement brossés, enfourchant sa bicyclette pour dévaler les rues, zigzaguant sur les trottoirs entre les passants, remontant les avenues en sens interdit, s'arrêtant juste au buffet de la gare pour avaler une bière, qui la faisait odieusement roter. C'est là, d'ailleurs, que je l'ai vraiment découverte, un samedi matin où elle avait crevé. N'ayant pas de pompe, elle avait trempé sa chambre à air dans un demi (« C'est tellement poisseux, regardez comme les tables sont collantes, le trou sera bouché sans problème! ») et elle essayait de la gonfler à la bouche, indifférente aux ricanements des soldats et aux yeux ronds des familles. Ce détachement souverain m'avait séduit. Et comme je la connaissais un peu par ces ennuyeuses soirées où la jeunesse dorée préparait ses mariages, je lui suis venu en aide et, vélo sur l'épaule, l'ai raccompagnée chez ses parents, rue Dugast-Mattifeux. Sa mère la chapitrait inlassablement sur son manque d'élégance, qui nuisait à ma carrière et me ferait regarder ailleurs. « Méfie-toi, ma petite fille, Olivier est un homme très en vue, et sa situation lui fait rencontrer de très jolies femmes. Alors, bats-toi! » Mais c'était plus fort qu'elle, et moi, je m'en moquais. Sylvie était très jolie, elle était drôle, et la voir arriver en jean et veste de chasse au milieu d'un salon m'illuminait. Nos enfants en souffrirent davantage, nos filles usant de vieilles affaires, Frédéric détestant que sa mère vînt le chercher au collège et voulût le traîner, à dix ou douze ans, sur son porte-bagages.

XIV

Les préparatifs du mariage Vaudant furent pour elle l'occasion de montrer qu'elle n'était pas la bouseuse qu'on croyait. De théière en théière, six mois durant, dans toutes les maisons du Cours, la mère Vaudant s'était en effet tortillée sur les bergères des salons, sans rien passer aux épouses très pâles, aux filles un peu vertes, des détails d'une cérémonie qui retrouverait l'éclat des fêtes d'antan.

Ces préparatifs, je les ai suivis, moi aussi. Les soirs de théière, une touffeur me montait dès l'entrée au visage. Moins âcre que l'odeur de chambrée, moins rance que l'odeur de réfectoire, l'odeur des soirs de théière avait des souffles sucrés, des relents de cigarettes blondes, et ces mélanges aigres des femmes qui se parfument sans se laver, et qui échangent des saloperies d'un ton aimable, ma chérie.

Aux murmures du salon, je savais Gisèle partie. Sylvie et les filles fumaient une trois cent vingt-septième cigarette, et je restais un moment dans le noir, à les regarder par la porte-fenêtre. Un peu lasses, n'étant plus en représentation, elles laissaient la colère, l'envie et une sorte de résignation défigurer leurs traits, soudain assez laids. Joli travail de la Vaudant qui, dans le même temps, devait poursuivre son œuvre devant un Martini dry.

« Te rends-tu compte? me disait Sylvie dans notre chambre, les Vaudant veulent inviter six cents personnes!

La robe de Laetitia sera faite à Paris, c'est Monseigneur de Lestagères qui célébrera la messe, et la réception aura lieu à Clair. La belle-famille est riche, paraît-il. Mais Gisèle et Régis veulent payer la moitié de la facture. Avec quel argent? »

Avec quel argent? Le mien, bien entendu, mais passons... Sylvie, peu à peu exaspérée, voulait claquer la Vaudant. Les airs protecteurs de cette dinde, qui affichait une insolente prospérité, alors qu'elle ne vivait en fait que parce que je continuais, un peu inconsidérément, à soutenir l'entreprise de son mari, lui devinrent insupportables. Et elle rentrait, le soir, dans des colères qui la rendaient très belle.

« Voyons, Sylvie, quelle importance?

- Comment, quelle importance? Devant les filles! »

Car la Vaudant, venant prendre le thé, s'époumonait sur les toilettes... et la robe de la mariée... et les demoiselles d'honneur... et le mariage civil... et la soirée... avec force détails sur les tissus, les couleurs, s'arrêtant de temps en temps, soupirant : « Oh! oui, ma petite Sylvie, je vois bien que je vous ennuie, car vous et les toilettes, hein... », mais Florence et Isabelle l'écoutaient, bouche bée. Et comme elle faisait faire ses robes chez Chanel, elle racontait les salons de la rue Cambon, les mots si drôles du mannequin vedette, les éventails du dessinateur. Ce qui jetait nos filles dans d'infinies rêveries.

Sylvie connaissait la Vaudant, qui ne l'impressionnait guère. Elle avait beau roucouler, un seul de ses regards la faisait baisser de ton. Mais en nos filles, Gisèle avait trouvé un auditoire d'une naïveté qui la ravissait et qu'elle éblouissait à bon compte. De leur côté, Florence et Isabelle découvraient un monde enchanté, dont leur pauvre mère était exclue. Voilà pourquoi Sylvie voulait claquer la Vaudant.

Un soir, avec une légèreté d'ourse polaire, en rougissant

beaucoup, avec un embarras qui aurait fini par me gagner si je n'avais, tout d'un coup, éclaté de rire, la trouvant adorable, elle s'empêtra dans un discours d'où il ressortait qu'elle n'allait tout de même pas se faire, toute sa vie, traiter en morveuse par la Vaudant, qu'elle-même s'en moquait complètement mais que les filles commençaient à être très sensibles à ces choses. « Tu comprends, à cet âge-là, rien n'est pire que de ne pas se sentir à la hauteur, d'être un peu méprisé... Une femme qui entre dans le monde doit être souveraine, elle doit être la plus belle, comprends-tu? »

Sylvie encombrait son plaidoyer de fioritures, bredouillait, ne savait plus où elle en était, se reprenait. Le tout en se déshabillant. Spectacle exquis. Elle penchait la tête à droite, puis à gauche, pour ôter ses boucles d'oreilles, la renversa pour faire glisser le peigne d'écaille retenant ses cheveux. Un à un, elle fit sauter les boutons de son corsage. Quelle merveille, le buste délicat de Sylvie naissant de son corsage, et elle ne pensant à rien, continuant de parler, inconsciente, insensible au trouble qui montait en moi. « Tu ne m'écoutes pas! » protestait-elle. Et elle songeait à bouder. Mais l'écouter, comment l'aurais-je pu?

Je me levai pour m'approcher d'elle, qui poussa un petit cri. « Arrête! » Ah! comme le mariage est charmant! Comme il est doux de découvrir après dix ans, après vingt ans, les charmes nouveaux d'un corps, d'un être que l'on connaît par cœur. Il n'y a vraiment pas d'autre justification au mariage.

« Arrête, toi-même! Sylvie, voyons. Comment peux-tu me dire des choses pareilles! Tu as l'air d'avoir de mauvaises pensées. Tu as l'air de te chercher des excuses pour commettre un énorme péché. Quoi de plus naturel que de vouloir commander des robes pour ce mariage? Bien sûr, ces robes, tu vas les acheter. Autant que tu voudras, chez qui tu voudras et comme tu les voudras. Simplement, n'aie pas la faiblesse d'entrer dans le jeu de Gisèle, n'aie pas le ridicule de vouloir faire plus. Attaque-la sur le royal terrain de la simplicité, où elle ne t'attend pas. Sois sublime, mais sois nue. Château Bougon! »

Ointe de ma bénédiction, qu'elle attendait avec angoisse, Sylvie entraîna ses filles éblouies dans une frénésie de dépenses, où je ne la reconnus pas – elle non plus, je pense. « Comme je m'amuse, me soufflait-elle. Merci! » Jamais elle n'avait été plus rieuse, heureuse de son triomphe auprès de ses filles. Une pareille agitation ne resta naturellement pas secrète, et la Vaudant mena l'enquête, interrogeant sans relâche, se heurtant à un mur.

XV

Nous étions donc là, dans le salon, un peu bêtes, à les attendre. Car elles n'avaient rien voulu nous montrer et gardaient leurs secrets, que nous faisions semblant de vouloir découvrir à tout prix, et dont nous nous moquions tout à fait. Frédéric venait juste de rentrer, les cheveux encore humides. Lorsqu'il m'embrassa, il sentait le chlore et l'eau de Javel, et toute mon enfance me remonta à la tête; tous mes vendredis après-midi, pieds nus sur le carrelage froid, l'eau tiède et un peu grasse, les dames en bonnets de bain qui nagent le dos crawlé, les gamins qui, en se bouchant le nez, vous sautent dessus du plus haut des plongeoirs. J'avais détesté cet endroit, les vestiaires des filles étaient inaccessibles, et il fallait se changer devant tout le monde. Je crois que mon premier rêve de puissance, je l'ai fait, tout nu, devant mes camarades tous nus, ricanant, rigolards. Non, je n'étais pas comme eux. Oui, je leur montrerai qui j'étais. Ils verraient. Ont-ils vu? Qu'ont-ils vu?

« Quelle idée, cette piscine!

– J'avais besoin de nager. »

Que répondre à cela? Mon fils est ainsi. Un besoin physique de gigoter. Il joue au football, fait de la planche à voile, part skier au moindre flocon, passe des soirées entières dans les salles de sport. Et quand il s'ennuie à la maison et qu'il pleut, il saute à la corde. Cette dépense inutile d'énergie m'a toujours assis... Mais enfin, bon...

Ce besoin, je le respecte sans le comprendre. J'ai toujours été devant mon fils comme un poisson devant une pomme, et ravi de l'être. Nos enfants doivent nous être étrangers. Il faut produire de vilains petits canards. Les enfants qui font le bonheur de leurs parents sont à chier.

Nous restions donc là, à attendre, sans rien nous dire. Pas embarrassés, silencieux. Comme toujours.

Précédées de rires et de chuchotements, parurent les filles. Tiens, elles ne s'étaient pas changées. Mais en même temps, elles avaient changé. C'étaient elles, mais elles étaient autres, n'ayant pas choisi de ces robes voyantes, tellement encombrantes, de ces robes qui embarrassent celles qui n'en ont pas l'habitude, de ces robes si éclatantes qu'elles éteignent celles qui les portent. Non. Les robes qu'elles avaient choisies semblaient une émanation et un prolongement d'elles-mêmes. Et, pour Frédéric et moi, finalement assez frappés, une découverte. Nous découvrions des femmes avec lesquelles nous vivions chaque jour, et en restions pantois. A nos mines, elles virent qu'elles avaient gagné et sautèrent dans les bras les unes des autres en poussant des hourras.

XVI

Le téléphone mit fin à ces fort touchantes effusions. Hervé Vaudant, fils de Régis. J'allais bien, il allait bien, quel temps merveilleux! Laetitia avait de la chance, alors qu'hier il avait fait si mauvais. Eh bien, mon cher, que me vaut l'honneur?

« Voilà (toux). Je sais bien que ce ne sera pas facile aujourd'hui mais, comment dire? il faudra tout de même, Olivier, que nous trouvions cinq minutes pour nous parler. C'est assez grave, oui. Enfin, n'exagérons pas. Mettons que ce soit une question de vie ou de mort. »

XVII

La place de la cathédrale bourdonnait déjà. « Zou! en scène! » fis-je en descendant de voiture. Mais lorsque je les vis, tous, agglutinés sur le parvis, j'ai manqué tourner les talons. Frédéric eut la même tentation. « Et si on n'y allait pas? » Il était blême, les poings serrés. Il avait peur? Non, il était en colère. Contre eux.

Moi aussi, j'étais en colère, mais contre moi. Vingt-cinq ans de jeux de salon m'avaient appris à composer, à mentir, à faire le délicieux. Mais j'avais le même hoquet que mon fils. Le monde, au fond, n'est pas notre territoire; ces gens ne sont pas de notre famille. A la seule vision du troupeau au creux duquel nous allions, dans les secondes à venir, devoir nous faufiler, se hérissaient nos poils sur notre épiderme, une sueur glacée baignait notre nuque et nos jambes étaient lourdes. Ces gens-là, vraiment, sentaient le réfectoire, et nous devions, si nous nous respections un peu, nous haïr énormément d'être à la fois leurs dupes et leurs complices. Vingt-cinq ans de jeux de salon m'avaient appris à transformer ce hoquet en respiration. Mon indignation avait mué. Et en retrouvant intact, chez mon fils, mon sentiment d'autrefois, j'eus honte, et je m'en voulus. Et je leur en voulus.

Ils étaient tous là. Tous. Devant le parvis. En rangs serrés. A se regarder. A se jauger. A faire semblant de ne pas se reconnaître. Ou à se précipiter les uns sur les autres pour se léchoter, se caresser, se frotter, se baver dessus, se toiser, froncer la bouche. Et, tous les cinq, nous approchions irrémédiablement de ce brouhaha plein de succions, de rires de gorge, de tintements de bracelets, de souliers fins raclant le pavé sec. La tribu des Peaux-Rouges en grand apparat. Et ces regards allumés, mi-clos des femmes persuadées (idiotes!) de vivre un moment de plénitude, longuement attendu, et dont on parlerait longtemps. Et, bien sûr, le cliquetis, déjà, des appareils photo. Les jeunes filles ne vont plus à l'église sans leur Kodak.

Nous fûmes happés par le groupe, sauf Frédéric, qui s'était assis sur une borne de pierre, et qui nous regardait faire les imbéciles, pousser des cris, ouvrir les bras, hocher la tête, rire du dernier bon mot de Bernard Mussot, féliciter Loulou Boularme du succès de son fils, parler doucement à Mme de Limeul, qui avait des malheurs, éviter Jacquemin, qui avait toujours l'agenda à la main pour un rendez-vous. Comme j'étais malheureux, soudain, au milieu de ces joues parfumées. Michel Villocq, candidat à la députation, s'était rasé la moustache et montrait sa face de lune à tout le monde. « Hein! ça fait plus américain, moins franchouillard! » Roger Viard avait cet air emprunté des jours où il sort sa femme, qui papotait tranquillement avec les Boularme : « Ah! ça, quand on travaille, ça donne toujours des résultats. C'est ce que je répète à Laurent, mais lui, pour lui faire ranger sa chambre... » « Mais mon cher, la gauche fait la politique de la droite, et la droite fait la politique de la gauche, alors tout ça, hein... » « Et savez-vous ce que m'a dit Chantal? Elle m'a dit : " Ne prenez pas cet ensemble d'Alaïa, Mâme Nappez, Élisabeth Couillaud a pris le même en rouge! " Non mais sans blague, Élisabeth Couillaud dans de l'Alaïa, on va rigoler! Ah, ben tiens, la voilà! » « On aura les résultats lundi. Je pense que c'est bon. On verra. » « Et tu lui donnes des petits pois? A trois mois? Moi, Margaux, je ne lui ai donné des légumes verts qu'à six mois, avant, c'est trop tôt, surtout les petits pois... » « Oh, ben nous, on part à Gruissan, comme l'année dernière, en location. Ah! oui, très bien, les enfants étaient ravis. » « C'est ce que je dis toujours à mon mari : " Impose-toi, François! " Mais vous savez comment il est... » « On a fait un bénéfice net de vingt pour cent. Et on fera plus l'an prochain. C'est porteur, comme marché. » « La pauvre, elle a vraiment pas de chance. » « Alors, je lui ai dit : " Il a goût de bouchon, ce vin. " Et tu sais ce qu'elle m'a répondu? » « C'est très simple, je ne le vois plus. Quand c'est pas le boulot, c'est le golf; et quand c'est pas le golf, c'est la Chambre de Commerce. Je songe à prendre un amant. » « Voyons, Valérie, dis bonjour à Mme Ravidat! Excusez-la, madame Ravidat, elle est un peu sauvage. » « Ah! non, pour moi, c'est terminé. Ter-mi-né! » « Oh! Babette, tu es superbe! C'est un ensemble d'Alaïa? » « D'accord. Sochaux a fait une mauvaise saison, mais vous allez voir! » « Oh! lui? C'est une " mauvaise nouvelle ". Ah! vous ne le saviez pas? » « C'est de pire en pire, la télé. Les émissions intéressantes sont après dix heures. Mais il faut se lever le matin, c'est qu'on travaille, nous. Ah! non, ils nous prennent vraiment pour des cons. » « C'est pas vrai! Je ne t'aurais pas reconnue. Eh bien, ça pousse. Quand je pense que je l'ai connue haute comme ça! Hein, Robert! ça nous rajeunit pas. » « Et votre fils, à quoi le destinez-vous? » « Et votre fille, à qui la destinez-vous? » « Je t'ai attendue hier! » « C'est toujours bien de faire les EOR. Antoine avait fini major. » « Le matin, ça va. Mais ça commence à me prendre vers midi. C'est bien simple, je ne peux plus descendre mon escalier. » « Eh bien, et toi, tu te maries quand? » « Il m'a battu 6/4, 6/3, 6/1. A dix-huit ans. C'est moi qui lui ai appris à jouer! » « Eh bien il l'a achetée quand même. J'étais furieuse. » « Ah! tiens, voilà Dumain. Alors, Olivier, quoi de neuf sur le front des banques? »

Le cadre qui part en vacances

Il est tout énervé. Il a tellement attendu ce jour que, ce matin, il a tiré de ses valises une paire de chaussettes de tennis brodées d'un crocodile et, riant de son audace, les a mises sous son costume sombre, regardez! « Oh! gloussent les dames, ce François, toujours le même. Il ne sait pas quoi inventer! »

Il ne sait plus quoi inventer, c'est vrai. La vie était facile autrefois. Elle devient compliquée. Son travail l'assomme, sa femme se teint les cheveux, ses enfants s'éloignent et il n'est plus classé au tennis. L'année a été rude mais, bah! c'est les vacances.

« Moi, en vacances, je suis peinard. La Vaudant peut bien s'écrouler, je ne suis là pour personne. C'est la grande liberté. Je ne lis pas les journaux, je ne porte ni montre ni cravate, je fais le marché, je marche pieds nus et on se retrouve avec les enfants, on parle. C'est un temps différent. On parle. »

Un temps différent! mais le bonhomme reste le même, ennuyé pendant l'année, ennuyeux en vacances.

XVIII

Et la masse caquetante m'a recraché, un peu étourdi. J'avais toujours mon portefeuille! mais je me sentais sonné, pas très net. Le contact de ces gens m'avait sali. Yeux jaunes, lèvres peintes, oreilles poilues, mains broyeuses, naissance des gorges dans ces robes trop neuves et criardes, enfants qui vous passent entre les jambes, et ces dents, surtout, ces dents! ce tourbillon de dents me claquant aux oreilles. Et, de loin en loin, des regards glissés, se cherchant entre eux pour mieux me fixer, les regards des hommes d'affaires les plus infects de la ville et qui, autour d'Hervé Vaudant, m'attendaient et m'encerclèrent.

« Ah! tiens, voilà Dumain. Alors, Olivier, quoi de neuf sur le front des banques? »

La femme du cadre qui part en vacances

« On aime bien rouler de nuit. Alors on ne partira pas trop tard et on arrivera en fin de matinée. La location commence à midi. Non, la même que l'an dernier, à cinq minutes de la plage, pour les enfants, c'est mieux. Il n'y a que Thierry qui ne viendra pas. Il préfère travailler en juillet et partir en août avec les copains. C'est normal. François n'était pas très chaud, il dit que les vacances, c'est pour se retrouver en famille. Mais je lui ai dit : " Voyons, François, quand tu avais son âge! " Il encaisse mal, mais bon, ça ira mieux quand on sera à Gruissan. »

Comme elle le regarde, son François! Elle l'aime encore, ma parole! « Que serait-il sans moi? Une femme, c'est fait pour aider la carrière de son mari. » Alors, elle intrigue. Très amie avec Gisèle Vaudant, elle s'est donnée à fond dans l'organisation de ce mariage, tenant les listes d'invités, rédigeant des enveloppes, négociant avec les fournisseurs. Si après ça, François ne passe pas chef de service...

XIX

Beau rassemblement, en vérité! Six voyous en chemise blanche et costume sombre, sortant de leurs BMW. Six « battants » que les gros ventres de la Chambre de Commerce glorifient de porter haut la fortune de la ville en vendant des chariots élévateurs, des chaussures à semelles compensées, des courroies, des ampoules électriques, des crèmes pour le corps et des bonbons menthol. Six minables combinards à gourmettes en or et grosse fortune, qui assomment mes services de leurs magouilles, et avec lesquels je passe ma vie depuis vingt-cinq ans.

Ils jubilaient sous une mine grave, cherchant des yeux qui porterait l'estocade. Ce fut Hervé Vaudant.

« Ce n'est pas le jour, peut-être, Olivier, de parler boutique. Mais il le faudra, si vous le voulez bien... »

La situation était préoccupante, d'après lui. Elle risquait même de devenir grave si ma banque continuait de danser, comme elle le faisait, avec ses clients. J'avais été doux avec la Vaudant, mais je restais dur avec tous les autres, et cela faussait le jeu. On ne comprenait pas ma position. Il me faudrait l'expliquer. Sinon...

« Sinon? »

Hervé Vaudant se dandinait sans me répondre.

« Sinon, nous irons ailleurs. Tous. »

Alain Bouchet venait de parler. Enrichi dans la fabrication de semelles compensées et de talonnettes, ayant trempé dans une escroquerie de tombola pour handicapés, il avait peu à peu racheté six bars en ville, où s'écoulaient divers trafics. Pour prospérer tranquillement dans ses divers négoces, couverts par ma banque, il finançait des œuvres, des équipes de hand-ball et des partis politiques. Au demeurant bon père et bon époux, il avouait une passion pour les automobiles et ne rêvait plus que d'un appartement sur le Cours.

« Oui, Dumain, nous partirons tous si vous ne nous accordez pas les mêmes avantages qu'à la Vaudant.

– Mais enfin, Bouchet, la Vaudant est en règlement judiciaire. Ce n'est le cas d'aucune de vos sociétés. La Vaudant est malade, pas vous.

– Ah! ça, mon cher, il vaut mieux prévenir que guérir.

– Quel rapport? »

Comment, quel rapport? Et les voilà tous à s'enflammer, à s'outrer de mines vertueuses. Ah! non, vraiment, je les décevais, ils n'avaient jamais entendu ça, je montrais enfin mon vrai visage, je voulais leur mort, voilà! et m'enrichir sur leurs dépouilles. Chacal!

« Mais dis-moi, Hervé, tu es bien directeur adjoint de la Vaudant. Tu travailles avec ton père, et tu l'aides de tes conseils. On en voit les résultats, d'ailleurs...

– Eh bien?

– Eh bien quel est ton intérêt, dans cette affaire! Tu n'as pourtant pas à te plaindre de la banque Dumain?

– Si, car son attitude fausse le marché. Il ne doit pas y avoir deux poids deux mesures. Question de probité.

– Peux-tu répéter ce mot?

– Probité.

– Probité, vraiment? Bon, messieurs, tout est clair, tout est dit. Effectivement, ce n'est pas le moment d'en parler. Excusez-moi. »

Et je tournai les talons pour rejoindre Sylvie.

Le jeune député zélé

Il doit sa députation à sa réputation et sa réputation à un spectacle Son et Lumière qu'il organise depuis dix ans dans un château des environs. Depuis dix ans, tous les soirs d'été, des villageois tournent autour d'une pièce d'eau en poussant des cris et en changeant de costumes. Ça leur rappelle leurs racines et ça plaît aux autocaristes : succès.

Le succès attire les mouches et Michel Gilbert fut vite entouré d'étudiants ambitieux, de charcutiers ayant des idées et d'incompris. Ensemble, ils montèrent une association, quelques sociétés et un journal destinés à tirer de leur pièce d'eau un maximum d'avantages, Michel Gilbert menant les troupes à la baguette, tout en donnant dans le désintéressement. « Moi, cette mission, c'est pour vous que je la mène, pour la mémoire de cette terre, pour le souvenir de nos pères. Les bénéficiaires, c'est vous, vous le savez. Je ne veux rien pour moi, rien. Allez, on reprend. »

Quelques tours de pièce d'eau plus tard, un vieux notable étant mort, Michel Gilbert se laissa élire au Conseil général, puis comme suppléant d'un député bien malade, qu'on a enterré il y a un mois. Depuis, modeste comme jamais, il cultive son réseau, ajoute des lasers à son spectacle et invite le ministre de la Culture : « C'est bon, dit-il à ses fidèles, ça peut toujours servir. »

Michel Gilbert n'est pas encore reçu dans les familles du Cours. Mais il vient de proposer à Hervé Vaudant un Son et Lumière pour le cent cinquantième anniversaire de l'usine. J'ai le dossier sur mon bureau. Très cher.

XX

GISÈLE avait raison, ils étaient tous là. En rangs serrés. Les puissants et les impuissants de cette ville, tournés vers le tabernacle, qu'ils auraient bien fait fondre pour se le mettre sur les doigts, aux oreilles ou pour en enrober leurs chicots. L'église sentait l'Eau de Guerlain. Les anges, que le battement des cloches avait dû assembler en grand nombre au-dessus du clocher, étaient repartis à tire-d'aile en se bouchant le nez. Et ma pauvre Florence, à mes côtés, ne perdant rien, furieuse, verte devant le triomphe placide de sa « meilleure amie ». En ce début de messe, j'ai comme cessé d'aimer ma fille. Elle m'est devenue parfaitement indifférente lorsque je me suis aperçu, à son teint, à ses dents serrées, à sa déglutition, à la brillance de ses yeux, que tout ce qu'elle désirait, toute son ambition, tout ce pour quoi elle prierait peut-être, c'était cela : monter lentement, à mon bras, dans une robe de grand couturier, devant toute la ville ébaubie, la grande allée de la cathédrale. Florence ferma un peu les yeux, écoutant les orgues, le frôlement de la robe sur les dalles. Elle s'y croyait, ma parole! A cet instant-là, j'ai senti ma fille perdue, au moins pour moi.

On ne connaît pas ses enfants, qui vivent en dehors de la maison (et parfois en dehors d'eux-mêmes...) les moments les plus déterminants de leur existence, auxquels on tente maladroitement de les préparer : le collège, les amis, ces fameuses sorties pour l'argent desquelles les filles exercent leurs premières armes de séduction, et sur qui? sur le seul homme au monde qui ne saura jamais rien leur refuser, sur leur père! Eh bien, j'ai découvert ce jour-là ce qu'ils avaient fait de ma fille : une petite poule emperlousée, n'ayant eu d'autre souci que de faire claquer de nouveaux escarpins sur le parvis de la cathédrale. Ils avaient fait de Florence une atroce petite-bourgeoise méprisante et envieuse, semblable à toutes les autres petites connes du Cours. Ce n'est pas, je le sais, la véritable nature de ma fille, qui grandira mal dans le personnage qu'ils ont créé pour elle. Mais quand? au bout de quels drames? de quels déchirements se retrouverait-elle? De quel prix paierait-elle ce besoin d'être comme les autres?

Ce besoin-là, jamais je ne l'ai eu, jamais. Mais j'y suis passé quand même, comme les autres. Le Cours fait passer les toutous que nous sommes dans des cercles de carton. Et nous faisons les beaux, et nous nous perdons, pourquoi pas? Ce peut être une liberté que de perdre la liberté : on peut choisir d'alimenter la mer et de se perdre en elle; mais il n'y a pas le choix, c'est bien la mer qui nous aspire...

Monseigneur de Lestagères

Dans sa chasuble d'or, un peu boudeur, se trémoussait Monseigneur de Lestagères. Nommé par Paul VI, assez mal vu de l'actuel Vatican, on ne parle plus du chapeau et le Cours s'agace de savoir son évêque plus souvent dans les prisons que dans les salons : « Nos âmes valent pourtant mieux que celles des malfrats », répète la douce Mme de Limeul, sa lointaine parente.

A Paris deux jours par semaine, il utilise ses trajets ferroviaires pour convertir les militaires, avec qui il boit de la bière en leur racontant l'histoire de la petite fourmi pour leur prouver l'existence de Dieu : « Imaginez une petite fourmi dans un jardin. Un jour, elle escalade le mur, traverse un autre jardin et arrive sur une plage. " Oh! se dit-elle, la mer! Vite, allons raconter cela à mes petites amies. " Et la petite fourmi s'en retourne et raconte sa découverte aux autres fourmis, qui ne la croient pas et qui se moquent d'elle. Eh bien nous, hommes de Dieu, nous sommes cette petite fourmi. Nous avons découvert quelque chose de merveilleux et nous sommes venus vous le dire. »

Monseigneur de Lestagères s'est fait un peu tirer l'oreille pour dire la messe : ces gens du Cours! Gisèle s'était un peu raidie : « C'est votre boulot, après tout, on vous paie pour ça! » Puis, radoucie, elle lui avait promis une chasuble de chez Chanel. Stupeur de l'évêque. Qui, pour lui faire plaisir, et parce que le père de Régis a offert la restauration de quelques-uns des vitraux de la cathédrale détruits pendant la guerre, est allé rechercher au fond d'un placard une vieille chasuble dorée. On frôla d'ailleurs le scandale, ladite chasuble ayant été prêtée par l'abbé Michel Dubois à la troupe du collège Saint-Jean pour *Meurtre dans la cathédrale*. Mais la robuste sœur Marie-Victoire a remis la main dessus.

XXI

Bon, et si je me calmais... Chaque fois que je viens ici, c'est la même chose : je retrouve les ombres du passé, les fantômes familiers, les fantômes familiaux, mes émotions d'enfant, ces élans un peu sots, ces rêves, ces espoirs. Cette cathédrale, au fond, était toute ma vie. Mes parents s'y étaient mariés, et aussi mes grands-parents, et moi, et mes cousins. J'avais braillé sur les fonts baptismaux, puis dans la chorale; j'avais levé les yeux vers le ciel, puis sur les nichons des filles. Je m'étais ennuyé, aussi, et ce n'est pas le moindre mérite de nos cérémonies religieuses que de nous enlever tout divertissement. Que faire, lorsqu'on est pris une heure dans un endroit où l'on ne peut ni écouter la radio, ni fumer, ni lire un journal, ni embrasser une femme?

Dans cette cathédrale Saint-Pierre, donc, je retrouvais une assemblée d'Olivier Dumain qui, fichés les uns dans les autres comme des poupées russes, donnaient celui que j'étais devenu, un de ces notables qu'on salue sur les parvis, mais qui n'ont rien fait d'autre que de promener leur bedaine à la suite de celle de leur père et de leur grand-père, sans rien exprimer de leur particulière essence, sans rien dire que ce qu'ils avaient à dire, sans rien faire de ce qu'ils avaient à faire. Était-il trop tard?

L'abbé Michel Dubois

Aux côtés de Monseigneur de Lestagères, l'abbé Michel Dubois. Ami de la famille. Prêtre de la tendance Noël Colombier, Aimé Duval, Jo Akepsimas. Il a fallu le retenir pour qu'il n'anime pas la messe avec quelques-unes de ses compositions gospellisantes. Trouve que Dieu, c'est la joie, et que l'on devrait danser dans les églises. Rencontre un certain écho auprès de la jeunesse du Cours, mais effraie un peu l'ancienne génération, à savoir la sienne. A tous les coups, il sera présent au vin d'honneur et à la soirée. Il restera un peu tard, au gré de Gisèle Vaudant. Et il ne faudra pas le pousser beaucoup – il faudra même le retenir – pour qu'il danse avec la jeunesse.

XXII

Et nous étions tous là, dans cette cathédrale dont nous n'avions pas grand-chose à faire. Les dégagés qui se balancent d'une jambe sur l'autre, toussent, prennent des airs de types à qui il ne faudrait tout de même pas essayer de la faire, ne connaissent pas les cantiques et rigolent pendant les « intentions de prière ». Les angéliques qui poussent une deuxième voix pendant les chants. Les connaisseurs, qui trouvent que « Monseigneur a bien parlé ». Les affligés par les péchés du monde, qui s'agenouillent sans péter et se prennent la tête dans les mains. Les intéressés, qui demandent au Seigneur le bac pour leur fils, une promotion pour eux, que leur fille cesse de fréquenter le petit Péneau, que leur femme accepte enfin de leur tailler des pipes, que leur patron leur donne un bureau mieux exposé, que leur copine Rosalie se laisse caresser la poitrine. Les jeunes mariés avec un bébé; le bébé crie, le papa le promène, sort de l'église. Les gamins qui courent dans l'allée. Les retardataires qui entrent sur la pointe des pieds et chuchotent, dès qu'ils ont trouvé une place : « T'aurais vu les embouteillages à la sortie de Lyon! » ou qui remontent l'allée en saluant leur parenté pour se placer au deuxième rang. Les petites cousines qui ne se sont pas vues depuis les vacances de Pâques et qui rigolent à voix étouffée devant leurs mères grondeuses. Les beaux-frères, harnachés d'appareils photographiques et de caméras, et qui se glissent dans le chœur, prennent une photo, clic-clac, et se replongent dans leur recueillement, sans cesser, clic-clac, de chanter. « *Je m'avancerai,* clic-clac, *jusqu'à l'autel de Dieu,* clic-clac, *la joie de ma jeunesse,* clic-clac », pour bien montrer qu'ils ne perdent pas le fil.

Une vieille fille, cousine de Gisèle, anime la chorale, ou plus exactement la foule des fidèles, qu'elle prend pour une chorale. La voici qui ouvre un large bec, balaie l'air de ses grands bras secs, et donne l'impulsion.

« Vers toi, Terre Promi-i-ise,
Le peuple de Dieu tend les bra-a-a-as »

Et, bien sûr, elle ne peut tenir ces voix qui n'ont jamais chanté ensemble.

« Vers toi, Terre Promi-i-i-ise
Il tourne son cœur et sa foua-a-a-a! »

C'est qu'elle croit qu'il suffit de battre la mesure pour que la mesure soit suivie.

« Vers toi, Terre Promi-i-i-ise
Il marche malgrrrré les combats »,

Mais personne ne s'occupe d'elle et chacun va à son rythme.

« Vers toi, Terre Promi-i-i-i-ise,
Vers toua-a-a-a! »

D'ailleurs, on murmure plus qu'on ne chante. En France, et plus particulièrement dans cette ville, dans ce milieu aussi, peut-être, on a une foi polie, une foi élégante, une foi de bon aloi, une foi qui réchauffe, mais sans jamais brûler, qui rassure, mais sans jamais inquiéter, ce serait de très mauvais goût. Alors on chante à voix mesurée, et plus volontiers les cantiques de l'ancien temps, pour montrer qu'on a été bien élevé. Mais on reste beaucoup plus discret sur les nouveautés, sous peine de passer pour des cadres chrétiens, ces imbéciles se réunissant entre gens de même milieu pour réfléchir à leur foi sous la conduite d'un vicaire mielleux, trop heureux d'échapper pour un soir à l'ordinaire de la cure, et qui reprend trois fois du pot-au-feu avant d'interroger les convives sur « le vécu quotidien de leur témoignage en Jésus-Christ dans le cadre de leur foyer, de leur vie de quartier, de leur travail et de leurs loisirs ». En gros de leur « rapport aux autres. Oui, encore un peu de vin, merci ». Les Gagneux nous avaient, un soir, entraînés à l'un de ces « dîners-échange ». J'en étais revenu aussi ulcéré que s'ils nous avaient proposé une partie à quatre. Cette foi tiédasse, étalée entre deux rots, entre gens de bonne compagnie, m'avait écœuré. Et lorsque l'abbé Haudeville s'était tourné vers nous : « Et vous, Olivier et Sylvie, comment vivez-vous votre foi en Jésus-Christ? » j'ai bien failli quitter la table.

« Qu'est-ce que ça peut vous f..., l'abbé?, me suis-je contenté de lui répondre en lui tapant sur l'épaule. Passez-moi donc la bouteille!

– Mais voyons, Olivier, vous êtes, avec Sylvie, une preuve de l'amour de Dieu. Vous avez été unis par l'Église et votre foyer a produit des enfants de Dieu. Vous devez porter témoignage.

– Vous savez ce qu'elle vous dit, la preuve de l'amour de Dieu?

– Prions. »

Le lendemain, l'abbé Haudeville était passé voir Sylvie. « Ne lui en veuillez pas, mon père. Olivier est très pudique, et vous l'avez choqué. Moi aussi, d'ailleurs. Pourquoi irions-nous raconter notre vie à ces gens que nous ne connaissons pas? On nous a appris à ne jamais parler de nous. Et nous apprenons la même chose à nos enfants. Nous préférons la politesse au " témoignage ". »

Le cantique continuait, poussé par la vieille fille, dont Sylvie me souffla qu'elle était mariée. Peu importe. Même mariée, on peut rester vieille fille la vie durant, surtout ici, où il est si facile d'arranger son existence à sa guise qu'on se figure que le monde marche à son pas. On reste inébranlable, et parfois, vieilles filles, inébranlé! On a composé le monde à sa mesure et cru imposer sa mesure au monde. Ainsi les existences s'écoulent-elles, étroites et droites, sans même s'apercevoir qu'existent d'autres façons de respirer. On sait s'isoler, se replier aux menaces du monde, fermer les volets dès que monte la nuit. Eh bien, c'était ça, cette messe : une messe de vieilles filles contentes d'elles-mêmes, faisant de nécessité plaisir, n'essayant pas de voir ce qui pouvait se passer au-dehors, refusant l'aventure et le risque, ayant compris quelle était la route la plus sûre, où marcher droit sans danger. Une route apparemment choisie, mais bien imposée par la parenté, les amis, le milieu, enfin.

Le président de la Chambre de Commerce

Pas très recueilli. Debout derrière un pilier, il surveille et il note. Brave Bernard Dulong! Un pion. Aux deux sens du terme. Pour avoir ouvert trois charcuteries et une boutique de cadeaux, il se plaît à donner des conseils de réussite aux jeunes ambitieux et pérore dans les dîners-débats. Pour le faire taire, on l'a élu à la Présidence de la Chambre, où il a malheureusement pris son rôle très à cœur. « Il faut, répète-t-il, à cette ville, le gouvernement des meilleurs, de ceux qui ont réussi dans leurs affaires. »

Entouré de plusieurs bandes rivales, qu'il prétend contrôler et qui font de lui ce qu'elles veulent, il vient de monter un Conseil de l'Excellence, réunissant les meilleures entreprises de la région. La Vaudant en fait partie, bien sûr, pas la banque Dumain. Depuis que je lui ai refusé le financement d'un projet de vente de saucissons prédécoupés (on tire sur une ficelle, le saucisson est débité), Dulong ne me parle plus. Il n'a, tout à l'heure, pas répondu à mon salut.

XXIII

DULONG était d'ailleurs placé près de Bouchet, d'Odelin, de Parodeau, de Chasenin : les conjurés. Mes regards tombaient sur eux de temps en temps, et cela me rappelait la menace qu'ils m'avaient faite.

Le danger était réel, mais cela m'était parfaitement égal. Je ne pouvais accéder à leur demande sans aligner, à la porte de mes bureaux, une file de semblables solliciteurs aux exigences irrecevables. Mais leur départ mettrait mes comptes à mal, et je me retrouverais seul avec la Vaudant, à la merci d'une banqueroute frauduleuse qui entraînerait la banque Dumain. Cela causerait un joli boucan!

De toute façon, je ne pouvais que résister. Une banque gérée par ses clients est une banque morte.

Mes yeux croisèrent les yeux de Martine Chasenin, qui me sourit gentiment. Martine Chasenin en tailleur parme, son dernier enfant sur les bras, souriant à tous, ne parlant à personne, ayant une si exquise façon de s'ennuyer, rentrée en elle-même ou indifférente, peut-être, à cette agitation. Pourquoi s'était-elle embarrassée de ce balourd suant, puant le mauvais cigare, passant son temps à remettre sa chemise dans ses pantalons? Ah! vraiment les femmes sont de curieux animaux, que peuvent-elles donc trouver d'attachant à ces dirigeants - d'entreprises - performantes - préparant - l'Europe - en - faisant - de - la - communication - interne - et - du - « team-building », et se dandinant parce qu'on pense à eux pour le Lyon's ou la Jeune Chambre économique? Pourquoi épousent-elles n'importe qui?

La famille Vaudant

Les Vaudant s'égosillaient autour de l'autel, Régis assez digne dans le rôle du chef de famille. Brave Régis, comme il semblait fier de son troupeau! et comme il chantait fort!

C'était la première fois que l'on pouvait voir réunis autant de Vaudant. Belle famille en vérité! Pas de quoi s'extasier : famille comme toutes les autres, rassemblement hasardeux d'individus plantés dans une communauté par l'observance de règles communes, et tenus de se sauter dessus quand ils se voient, trois ou quatre fois par an, quand tout, peu à peu, les éloigne. Une famille n'est pas autre chose qu'un club dans lequel on est entré sans l'avoir désiré, et dont on se doit de suivre les lois, sous peine de le faire éclater. Et pourquoi pas?

Car on ne s'intéresse à personne dans les familles. Les individus ne comptent pas, noms sur un arbre, fils de Jacques, femme de Georges, fiancée d'Éric. Caractères, goûts, aspirations, amours n'ont aucune importance, et qui n'a pas l'habileté de s'épanouir en douceur, sans heurt, pour ne pas déliter ce conglomérat un peu lourd, est étouffé par lui.

XXIV

Tout le monde s'ennuyait. On a bien raison de ne plus aller à la messe, car enfin il faut bien faire comprendre à nos prêtres que nous sommes un peu las de leurs numéros. Nous ne sommes pas venus pour entendre les « faits vécus », intentions de prières du genre : « Jocelyne a pris sur son temps de loisirs pour aider sa copine Mireille à faire ses devoirs. Pour que notre égoïsme de la vie de tous les jours s'efface devant la charité, prions le Seigneur. » « Aujourd'hui, des millions de gens meurent de faim. Pour qu'en ce jour de fête, nous pensions à eux, prions le Seigneur. » Et puis cette manie de parler des jeunes, cette flatterie onctueuse et louche de la partie la moins intéressante de la population. « Aujourd'hui, Laetitia et Jérôme se marient. Pour que l'amour triomphe des existences matérialistes où chacun recherche son petit confort, prions le Seigneur. » Le tout ânonné par des proches des mariés, endimanchés, sans aucune tenue, et qu'on sentait prêts à fondre en larmes autant qu'à ricaner. N'avaient-ils que ça à dire, ces bons jeunes gens? Leurs préoccupations, c'était donc ça!

Cependant, Florence avait quitté notre banc pour celui de ses amies, qui faisaient peine à voir dans cette cathédrale. Toutes, flanquées de leur galant, s'étaient placées sur le même banc. On eût dit une rangée de perruches et de merles.

Les voisins de Florence

Florence fut accueillie dans son banc par un murmure joyeux qui fit sourire Sylvie et me fit hausser les épaules. Mais non, notre fille n'avait pas de succès! Simplement, cela fit une distraction, on se poussa, on gloussa un peu, viens, Florence! viens auprès de moi!

Et Florence se coula aux côtés de Sophie Noulois, petite peste en robe à fleurs, avec qui elle ne cessa de ricaner, et de Richard de Lescop, gandin avantageux qui la fit rougir. Elle choisissait décidément bien mal ses amis. « Laisse-la, me dit Sylvie. Elle apprend! »

XXV

Et puis, au milieu de ces basses pensées et de ces ricanements, de ses amies grillées de jalousie et de ses relations soupirant d'ennui, rayonnait Laetitia Vaudant, très droite dans son rayon de lumière. Laetitia au pied de l'autel, touchant au but, l'air un peu assommé. Laetitia, dont la vie était faite. Laetitia, avec la mine détachée des triomphatrices, pour qui tout cela fut si facile, si naturel. Laetitia, que je me suis pris à aimer.

Gisèle Vaudant

Non loin d'elle, ne la quittant pas du regard, avec cet air gras et satisfait de la reine Beatrix de Hollande marchant à son couronnement, Gisèle Vaudant. Elle avait préparé ce mariage comme une prise de pouvoir. Elle avait voulu les épater, créer un précédent, mettre le niveau « un ton au-dessus », prendre sa revanche. Mais sa revanche sur quoi, je vous le demande?

Gisèle Vaudant fait partie de ces gens mécontents des autres quand ils sont mécontents d'eux-mêmes. Elle avait, la petite Gisèle, Gisèle petite, toujours eu l'ambition de faire quelque chose de sa vie, mais quoi? En s'endormant, le soir, comme elle rêvait! Elle rêvait d'applaudissements, mais comment les obtenir? Bah! elle voulait être applaudie, voilà tout. Être applaudie, pas autre chose. Danse, chant, politique, comédie? Rien de tout cela : être applaudie. Un jour, en la quittant pour toujours, un fiancé vexé qui voulait la froisser à jamais lui offrit un disque d'applaudissements. « Ah! toi, tu m'as comprise! » s'écria-t-elle, au comble du bonheur. C'était Régis. Régis était mou, niais, frileux, assez beau, assez riche, et ces usines! C'était un homme de pouvoir, Gisèle l'épousa sur-le-champ. Bien sûr, elle aurait préféré un prince régnant. Avec des sujets, une cour, un protocole, des décorations et pour ancêtres des fous, des brutes et des saints. Elle aurait eu des robes et trimbalé des fleurs au milieu des souffles étouffés des dames d'honneur en révérence et du cliquetis des armes des hommes inclinés. Tant pis. A défaut, elle promenait ses fleurs dans les usines et parlait aux syndicats.

Les rêveurs sont des gens charmants, souvent pitoyables et très dangereux lorsqu'ils se mettent en tête d'agir. Régis l'épousa, elle rêvait. Régis hérita, elle rêvait. Régis lui fit trois enfants, qu'elle ne vit même pas, elle rêvait. Toujours exacte dans ses devoirs, toujours à l'heure, toujours ailleurs.

Et puis un jour elle se réveilla, sentit le vent du boulet, aperçut la ligne d'ombre et adopta pour devise : « Conquiers ou assieds-toi. » Malheureusement, elle ne s'assit pas.

Ce fut, bien sûr, le jour où Régis lui annonça que Laetitia venait de lui parler. Elle voulait se marier. Avec Jérôme. Bien sûr, Gisèle était assez finaude pour avoir eu la puce à l'oreille : lorsqu'une jeune fille se met soudainement à lire Christiane Collange et à s'arrêter plus souvent devant les bijouteries que devant les pâtisseries, c'est qu'elle ne tourne plus comme elle a tourné. Mais enfin, elle en voulut à Laetitia.

Elle l'interrogea assez rudement, la molesta, même, si ma mémoire est bonne. « Et naturellement, tout le monde est au courant, sauf moi », ce qu'elle jugeait insensé. Ah! c'était donc ça, les sourires en coin, les chuchotements, les airs entendus de ces dames du Cours. C'était donc ça! Car Gisèle s'imaginait toujours qu'on parlait d'elle, ce qu'elle trouvait tout à fait normal, « il y a les gens qui parlent, Régis, et il y a les gens dont on parle. On fait partie des premiers lorsqu'on ne peut pas faire partie des seconds. C'est ainsi, mon pauvre vieux, et personne n'y peut rien.

– Oui, ma chérie, dors bien ».

Non, Gisèle ne dormait plus. Le mariage de sa fille la réveilla. Et elle entra en campagne.

XXVI

LAETITIA n'avait jamais imaginé qu'il pût exister une vie en dehors du mariage. Tous ses rêves de petite fille avaient été en ce sens : un mari, une jolie maison douce et chaude, et des enfants en pagaille, qu'elle aimerait et qui l'aimeraient. Sa vie était orientée vers ce but tout simple. Ce qui lui évita les chaos un peu brillants de ses amies. De ces jeunes filles qui ne savent pas ce qu'elles veulent, mais qui veulent ce qu'elles ne savent pas et attirent à elles des aventures qui leur brouillaient les yeux.

Voilà comment elles sont, ces filles. On quitte une jupe plissée avec des couettes et une peau qui sent le savon. Et, le lendemain, alors qu'on a encore de l'encre plein les doigts, de la morve plein le nez, des couronnes plein les genoux, on retrouve une jupe courte et des cheveux frisés tombant sur des épaules nues et parfumées, et si chaudes, et si rondes, et si douces. Comment voulez-vous qu'on s'en remette? On essaie bien de fuir, un temps, avec les copains, pour une dernière partie de billes. Mais les billes ne valent plus rien, ni le judo, ni Tintin, ni Spielberg. Le cœur n'y est plus : les filles nous l'ont mis entre les cuisses.

Jamais Laetitia ne fut un de ces glorieux papillons qui s'affolent à sentir se développer des ailes qu'ils n'ont pas désirées et maîtrisent mal et qui collent, le soir, aux semelles des passants. Car ces Prestigieuses du Cours, qui s'étiraient dans des décapotables pendant que Laetitia Vaudant marchait vers ses leçons de couture; qui faisaient des entrées de cuisses, de poitrines et de lèvres pendant que Laetitia Vaudant lisait Hervé Bazin; qui, par des baisers parfumés, brouillaient Paul et René, les meilleurs et les plus francs amis que la terre ait portés pendant que Laetitia Vaudant écrivait à sa cousine Bénédicte; qui faisaient les boutiques de la rue Mareuil pour leur semaine à Avoriaz, pendant que Laetitia Vaudant écrivait à Tante Simone, sa marraine de Besançon, qu'elle se réjouissait de venir passer les vacances de février chez elle et arriverait par le train de 13 h 08; qui pleuraient sur leur oreiller ou ricanaient des heures au téléphone pendant que Laetitia Vaudant, d'un pas lent, se demandait bien, elle dont la vie était si claire, ce qu'elle raconterait à son confesseur, à l'ombre duquel elle s'agenouillait tous les quinze jours. Elle avait parlé dans les rangs, elle avait ri à la chapelle et elle n'avait pas écouté attentivement le cours d'anglais jusqu'au bout. Elle prenait pour des atteintes à l'ordre divin ce qui n'était que des désobéissances au règlement des bonnes sœurs, et son confesseur ne la détrompait pas! Il ne la détrompait pas parce qu'il ne l'écoutait pas. Les Laetitia Vaudant à la vie pure n'intéressaient pas l'archiprêtre Guénou. C'était du travail de vicaire. Tant qu'à délier sur la terre pour délier au ciel, il fallait confier les cas épineux au personnel compétent. Les cas épineux! pas les Laetitia Vaudant! Lui, le vieil archiprêtre Guénou qui, toute sa vie, depuis près de quarante ans, avait officié dans l'ombre des évêques, ne voyait s'agenouiller dans son confessionnal que des pénitentes qui n'avaient rien à dire. Qui n'avaient rien encore à dire et qui inventaient, pour faire plaisir; ou qui n'avaient plus rien à dire et rappelaient d'anciens péchés croustillants, dont elles n'étaient pas sûres qu'ils eussent été remis, « parce que, comprenez-vous, mon père, je n'ai eu le temps de réciter seulement deux Pater sur les cinq que vous m'aviez commandés, j'étais si mal garée. Alors, j'ai mis l'argent du parcmètre dans le tronc de saint Antoine de Padoue, en pensant que cela reviendrait au même, qu'en pensez-vous? ».

Il en avait un peu marre, de ces raseuses, l'archiprêtre Guénou. Mais toutes les bourgeoises du Cours, celles qui invitaient à souper dans leurs hôtels, étaient à Monseigneur. Et toutes les drôlesses au cœur tendre et aux seins durs étaient au sémillant vicaire, ce..., ce fils de..., l'abbé Haudeville. Voilà à quoi pensait l'archiprêtre Guénou, pendant que s'époumonait Laetitia Vaudant, et qu'au bar du Tennis-Club, les Prestigieuses du Cours montraient leurs cuisses en ressentant les premiers troubles du soleil d'avril, quand le soir monte sur les pelouses.

Régis Vaudant

A quoi pouvait donc penser Régis, assoupi dans sa cravate, ne levant la tête que pour brailler des cantiques? Au jour, peut-être, où il m'a très solennellement demandé audience pour me soutirer l'argent du mariage? Comme il m'a énervé à venir quémander, comme s'il ne savait pas que rien ne m'appartient dans cette banque, et que l'argent que je donne est un argent qui n'est pas à moi et dont je n'ai que faire! Cet argent est aux autres, et il y en aura toujours parce que, des autres, il y en aura toujours, ici ou ailleurs. De l'argent, il y en aura tant qu'il y aura des Régis Vaudant, de ces gens qui mettent leur honneur dans un coffre bedonnant et qui trouvent honteux d'avoir bourse vide. Nous entretenons, bien sûr, cette niaise disposition d'esprit. Nous flattons les ventres gras et traitons mal les ventres maigres. Mais nous nous en moquons : les uns comme les autres nous font vivre, et les ventres maigres mieux, peut-être, que les ventres gras.

Je reçus donc Régis derrière mon bureau, le faisant asseoir sur une de ces chaises incommodes, assez basses, faites précisément pour mettre mal à leur aise les demandeurs d'argent.

« Alors, Régis? »

Régis Vaudant se grattait l'oreille, toussait, se frottait les mains, se raclait la gorge. Ça n'allait pas fort.

« J'ai des problèmes, Olivier. »

Et ce fut la litanie. Les années d'enfance, les rêves d'avenir que nous faisions lorsque nous rentrions des tennis. Tu te souviens, Olivier, comme nous nous moquions de tout. Tu te souviens comme nous étions insouciants et que nous ne voulions pas des places toutes chaudes qu'on préparait pour nous. Enfin, pour moi, parce que toi, ç'a été, comment dire?

« Un accident?

– Tu n'es pas drôle. Moi, tu t'en souviens, je n'avais pas le choix, j'étais cuit d'avance. Ce que je voulais, c'était écrire. J'avais même commencé un roman, tu te rappelles. Et puis on m'a mis là, je me disais : " Ça n'est pas grave, ça permet d'apprendre la vie. Après tout, André Maurois a été un industriel, lui aussi. " »

Oui.

« Alors, je sais ce que tu vas me dire. Tu vas me dire que tout cela, c'est ma faute. Qu'il faut décourager les vocations, savoir dire merde et s'opposer pour s'imposer. Mais souviens-toi de l'époque, Olivier. Souviens-toi de mes adversaires. Et souviens-toi de notre condescendance d'alors, de notre prétention à l'élégance, de notre refus de descendre à la contestation, comme le faisaient tous ces bateleurs de manifestations qui sont devenus des notables, pires que nous, d'ailleurs. »

Ça, je dois dire que Régis n'avait pas tort. Nous avons eu vingt ans en 1963. L'année de la mort de Jean XXIII, de l'assassinat de Kennedy, de la parution du premier numéro de *Lui* et de l'apparition du premier 45-tours des Beatles en France, de la deuxième chaîne de télévision et de la gloire d'Europe 1. Tous ces événements, qui enflammaient l'époque et font rêver nos enfants, nous nous en moquions complètement, nous ne les prenions pas au sérieux et n'avions pas l'enivrante impression de vivre une époque historique. Nous la trouvions assez bête, cette époque, nous la trouvions conne, molle, sans âme. Et les idéaux de nos petits camarades nous paraissaient des fantasmes d'enfants gâtés et trop bien nourris, des branlettes de bébés trop gros. Leur contestation, nous en avions honte. Une contestation née de ces gens-là, c'était infect.

Nous, c'était la petite bande de la jeunesse dorée de notre ville : Vaudant, mes cousins Dumain, Lemoux, Triviogli, Bernardet, les frères Dormoy, Annie Mouret, Claudie Bécherel et la grande Geneviève Richard. Nous n'avions pas envie de contester, et surtout pas nos parents, qui nous payaient des automobiles et des voyages en Angleterre. Et surtout pas nos grands-parents, qui étaient rigolos et touchants. Et nous avions décidé de les aimer d'autant plus ouvertement qu'il était de bon ton de ne pas les aimer. Eh bien, pas chez nous.

Nous lisions André Maurois, Jules Romains et Georges Duhamel. Mauriac, aussi, bien qu'il nous parût assez remuant. Annie Mouret achetait *L'Express* et *Combat*, mais elle était spéciale. Elle avait même lu un livre de Le Clézio et entretenait une correspondance décousue avec François Truffaut, qu'elle se vantait d'avoir embrassé après une projection de *Tirez sur le pianiste*. « Ah! ah! ah! rigolions-nous, voilà Mouret qui nous fait son cinéma. » Oui, nous rigolions. Nous n'étions pas légers.

« Ils nous ont bien eus, tout de même. Hein, Olivier... Ah! les salauds! »

Il en voulait surtout à son père et à sa grand-mère. A son père, qui l'avait maintenu à la Vaudant, sachant parfaitement sa répugnance et son incompétence, que les bilans attestent année après année. A sa grand-mère, à qui il s'était ouvert de son irrépressible envie d'écrire, à quinze ans, dans un élan d'abandon, et qui s'était si copieusement moquée de lui, devant toute la famille, que, trente ans plus tard, il ressentait encore un peu de honte. Pour sa grand-mère, la littérature était affaire de juifs, de pédérastes et de républicains. Certes, il y avait M. de Lacretelle, qui avait l'air bien aimable et fort distingué. « Mais mon pauvre Régis, il n'y a qu'un M. de Lacretelle par siècle. »

Alors, Régis s'était incliné. « Mais oui, mon garçon, tu as raison, lui avait dit son grand-père, laisse-toi faire. Regarde-moi : je me suis toujours laissé faire, dans ma vie, par tout le monde : mes parents, ma femme, mes enfants, mes ouvriers, et je suis le plus heureux des hommes. Tous ces gens-là travaillent pour moi, réfléchissent, se fatiguent; et puis ils me disent ce qu'il faut faire. Et moi, je le fais parce que je les aime bien. Certes, je sais pertinemment que si je voulais faire de meilleures affaires, il faudrait faire le contraire, exactement, de ce qu'ils me conseillent. Mais cela ferait des histoires, et j'aime tellement ma tranquillité que j'obéis aveuglément. Et voilà pourquoi la solidité de mon ménage et la bonne entente de ma famille sont citées en exemple dans tout le canton, et certainement même dans une partie du département. »

Alors, Régis s'était incliné.

Comme on peut le voir, la vie culturelle avait beau être vive, elle ne nous agitait pas au point de nous faire douter de l'excellence des générations supérieures. Autant par faiblesse naturelle que par un dédain marqué par la contestation ambiante – et qui nous semblait être le fait de petits-bourgeois aigres –, nous décidions de ne pas nous intéresser à notre vie, qui serait décidée par nos parents. Nous prendrions leur suite, nous ferions aussi bien qu'eux, tout en pensant à autre chose, et la vie s'écoulerait sans tracas. Nous ne voulions pas peser sur le monde, nous nous en moquions. Nos parents nous envoyaient aux États-Unis, en Grèce, à Londres, en Allemagne. Nous avions des « correspondants » dans tous les pays d'Europe. Annie Mouret recevait des Italiennes et Bobby Marin des Allemands, ce qui en fit loucher certains, mais bon, « ils n'ont rien fait, ceux-là », disait maître Babin. En septembre, la petite bande s'éparpillait dans les vignes pour les vendanges, et Annie Mouret ramassait des poires. On s'envoyait des cartes postales. On s'envoyait en l'air dans les granges. On se baignait tout nus dans les rivières. On fumait un peu. On avait une jeunesse polie.

Naturellement, cette jeunesse polie s'est terminée le jour où nos parents, qui n'avaient cessé de nous guetter, nous ont récupérés et nous ont mariés.

Régis fut marié à Gisèle pour avoir trop longtemps dansé avec elle, un soir que sa grand-mère était là. Danser trois danses de suite, assez collantes, avec la même jeune fille, c'était un engagement. Régis était amoureux, maintenant, on aurait tout vu! Dieu merci, la famille n'était pas mauvaise, il y avait de l'argent et Gisèle n'était pas très jolie. Les conditions du mariage étaient réunies, c'était déjà ça.

Voilà comment on se retrouve cahotés dans une gondole sous le Rialto. Et comme Régis était très appliqué, Gisèle rentra de Venise enceinte d'Hervé.

« Hervé, parlons-en, il se moque de moi, mon pauvre vieux. Je lui ai fait faire des études de marketing, et tout le tremblement, tu sais ce que ça m'a coûté. Eh bien il ose à présent me dire que je n'y connais rien, et me donne des conseils! Non, ma seule consolation, c'est Laetitia. Elle se marie, tu le sais. C'est pourquoi je suis venu te voir. Je veux un beau mariage pour elle. »

La somme qu'il me demandait, je la lui ai donnée sans sourciller. Pour avoir la paix. Pour qu'il s'en aille. Pour ne plus avoir en face de moi cette mine de chien battu, ce crâne chauve, avec sa petite couronne assez ridicule, mais gentille, de cheveux roux. Je ne voulais plus le voir, et j'ai signé le chèque.

« Merci. Château Bougon! »

Château Bougon! Notre mot de passe, à l'époque. Une invention de Geneviève Richard, un soir, dans une auberge basque, et que toute notre bande avait adoptée. Château Bougon : le mot de passe de ceux à qui on ne la fait pas; ceux qui ne sont ni dupes ni complices des singeries du monde; ceux qui n'entendent obéir qu'à eux-mêmes et mener leur vie à leur guise; ceux qui sont prêts à toutes les audaces, tous les défis, tous les éclats. Ce mot, je ne le dis plus depuis longtemps déjà.

XXVII

De cette soirée, à laquelle nos filles assistaient, les Prestigieuses du Cours étaient rentrées frémissantes. Laetitia Vaudant s'était conduite comme une salope. En fait, Laetitia Vaudant s'était juste comportée comme se conduisaient habituellement toutes les Prestigieuses du Cours, mais ce fut une telle surprise qu'elles en furent scandalisées.

C'était la première fois que ce Jérôme passait par notre ville. Chez un copain, qui l'avait invité là. Il ne connaissait personne, bien entendu, et comme il était joli garçon, qu'on lui prêtait grand savoir-faire et qu'il n'avait pas encore servi à ces jeunes filles du Cours, chacune des Prestigieuses se promit de le croquer. Et ce fut pour voir cette pouffe de Laetitia Vaudant engager la conversation avec lui!

En entrant dans le salon, Jérôme avait naturellement repéré les filles « possibles ». Mais enfin, il n'attendait rien d'une soirée à laquelle Christian l'avait entraîné bien malgré lui, et où il s'était dit qu'il se contenterait de boire quelques verres en s'ennuyant un peu. Il ne pouvait tout de même pas attirer une fille chez ses hôtes, encore moins découcher. Il serait sage, donc, et ça tombait bien, dans l'état de fatigue où il se trouvait. Cette fille pas très jolie, fagotée, qui s'était avancée si gentiment, mais avec une telle autorité, l'avait surpris, bien sûr. Mais elle ne lui sembla pas déplacée. Elle n'avait pas la roublardise des Prestigieuses, ni la vulgarité des Allumeuses. Elle était là, tout simplement. Ils avaient bavardé longuement, elle était partie la première, assez tôt. Et, le reste de la soirée, Jérôme s'ennuya. Les méchancetés des Prestigieuses, le mépris de la maîtresse de maison, vexée, et la lourdeur d'un Christian en difficulté avec Eva et qui n'en buvait que plus, tout cela fit regretter à Jérôme l'absence de la jeune fille. Absence qui lui pesa même le lendemain et les jours suivants, lorsqu'il fut rentré à Paris et que Florence ne cessait de l'appeler.

Elles en riaient un peu, les Prestigieuses, de Laetitia Vaudant. Oui, bien sûr, elles en riaient. Un peu, car elles avaient autre chose à faire. Un peu, car elles se rappelaient les après-midi qu'elles avaient passés ensemble, les goûters après le solfège et les boums dans les garages, d'où Laetitia, déjà, partait la première. Mais aujourd'hui, les Prestigieuses ne riaient plus. Car avec ses chaussettes blanches, son bandeau bleu, le collier de perles offert par son père à son dix-huitième anniversaire et le foulard emprunté à sa mère, elle avait, avant elles, atteint l'autel. La jeunesse des filles du Cours est une course de fond dont la ligne d'arrivée est l'autel de la cathédrale. Et Laetitia, en baissant les yeux, l'avait atteinte la première.

Dès que Laetitia avait vu Jérôme, elle avait su que c'était lui. Est-ce bête? Le tonnerre ne fit pas s'ébranler la maison, les rideaux du salon ne se déchirèrent pas, Laetitia elle-même ne se transforma pas en loup-garou. Non. Aucune de ces brutales manifestations, mais une évidence bien tranquille. C'était lui. Il arrivait. Ça tombait bien, elle était prête. Il n'arrivait pas trop tôt pour elle, et elle n'avait pas eu non plus cette impression d'attendre qui aigrit les caractères. Non, il tombait à pic, et tellement qu'elle se dirigea vers lui tout naturellement et lui dit bonsoir. Cette touchante rencontre se déroulant dans une de ces stupides soirées qui n'ont pas changé depuis ma jeunesse et qui, je pense, ne changeront jamais. Mais où il est tout de même bon de se rendre puisqu'on y apprend tout des règles du monde, règles qu'il faut connaître pour pouvoir s'en passer. On y apprend le monde jusqu'à son horreur.

Florence lorgne vers son voisin

Florence ne bavardait plus avec Sophie Noulois, les deux pécores ayant été rappelées à l'ordre par le petit docteur Robert – sur l'injonction de la robuste Mme Robert qui, le poussant du coude : « C'est intolérable! dis quelque chose, enfin, Marcel! » Alors Marcel avait grondé et les deux filles s'étaient tues.

Mais pour bien marquer son mécontentement, Florence se mit ostensiblement à ne plus suivre la messe. C'était un comble, elle si pieuse autrefois! si sincère dans son abandon! Regarde-la qui ricane, soupire, s'évente avec son carnet de chants, fouille dans son sac, reste assise quand il faut se lever et muette quand il faut chanter! Non mais, regarde-la!

« Elle fait son intéressante, chuchota Sylvie. Elle est vexée de ce que lui a dit Robert.

– Quelle idiote!

– Comme tu es dur, Olivier.

– Oui, c'est vrai, je suis dur. Mais je n'aime pas voir ma fille ainsi, je n'aime pas les tricheuses. Parce que tu...

– Chttt! enfin, taisez-vous, respectez ceux qui prient! »

Le petit docteur Robert, enhardi par son premier succès, avait encore frappé. Mais il y mit tant de voix que la moitié de l'assistance l'entendit et se retourna, ce qui le fit disparaître, assez rouge, dans son carnet de chants. Florence nous sourit, ce qui me fit fondre. Puis, en quête de distractions, elle se mit à regarder son voisin avec beaucoup d'insistance.

XXVIII

Je connais le voisin de Florence, l'avantageux Richard de Lescop. Il m'avait demandé de financer la publication d'un quotidien de poésie :

« Les faits divers
En vers,
Les catastrophes
En strophes,
Les crimes
En rimes
Et les entretiens
En alexandrins »,

tel était son manifeste. Il s'agissait de faire chanter la rue.

Je lui avais ri au nez, ce qu'il avait mal pris : « Vous êtes gris, monsieur Dumain, s'était-il écrié. Pas ivre, non, ce serait trop beau. Mais gris, grisâtre, couleur de muraille. Ce que nous voulons, nous, c'est mettre de la couleur dans tout ce gris, du vin dans votre eau. Je ne vous salue pas. »

Ce petit crétin n'avait pas tort, je participe – et avec quelle fougue! – à la grisaille ambiante. Le plus généreux des projets, la plus géniale des idées ne résistent pas à nos systèmes qui tournent en ratios, intérêts, cautions, commissions et surcommissions, rêves, espoirs, folies. Nous, banquiers, sommes des briseurs de rêves; c'est notre talent, notre raison d'être, notre fierté. Un vrai travail de salubrité.

Je me suis d'ailleurs toujours demandé, non pas « où ils vont chercher tout ça » (on sait depuis longtemps que l'homme est un surdoué pour dénicher ce qui peut lui nuire), mais pourquoi vont-ils chercher tout ça? Les projets de cendriers jetables, d'agendas pour boulangers-pâtissiers, de robes en aiguilles de pin, toutes ces inventions sans lesquelles le monde vivait fort bien. Nous décourageons les génies pour protéger le monde de leurs délires. Naturellement, nous leur disons tout le contraire.

Mon Isabelle

« Papa, as-tu de l'argent pour la quête? »

Et Isabelle m'embrassa. Comme elle sentait bon! Elle me rappelait Sylvie au même âge, protégée des vulgarités du monde par je ne sais quelle grâce particulière. Isabelle serait heureuse, cela se voyait tout de suite. Et donc, elle rendrait un homme heureux comme Sylvie me rend heureux.

XXIX

JAMAIS je n'ai trompé Sylvie. Et jamais je n'en ai eu la tentation, à défaut d'avoir eu, et je m'en flatte, de multiples occasions dues à la fois à « l'importance de ma situation » et à la détresse des femmes se trémoussant sur les tabourets des bars où elles m'attiraient.

Le corps de Sylvie, je l'ai aimé dans son éclatante, éblouissante jeunesse. J'en ai goûté toutes les saveurs, toutes les odeurs, j'ai aimé ses splendeurs et jusqu'à ses imperfections. Imperfections? Selon quel modèle, je vous prie, quels critères? Toujours, je me suis dit que la femme que j'avais choisie était la plus belle et la plus désirable. Ce corps, oui, je l'ai aimé dans son ingénu rayonnement, dans cette beauté ignorante d'elle-même. Et lorsque fatigué, je retombais ivre, vidé, je m'endormais dans cette plénitude (quelque peu imbécile, je le conçois, et je m'en f...) de bonheur de me dire que ce corps-là était pour moi sa vie et mon vit durant, quelle sécurité, Seigneur! mais quels dangers, aussi.

J'ai toujours eu du mépris pour les hommes qui trompaient leurs femmes, et souvent donné raison aux femmes qui trompaient leurs maris, ces maris qui n'avaient pas su les aimer, qui avaient fait passer leur ambition professionnelle – et quand on sait ce que c'est, l'ambition professionnelle! – avant l'ambition conjugale. Et j'ai toujours physiquement attaqué les hommes qui se vantaient de leurs bonnes fortunes. Mes seules bagarres de bar furent contre des hommes qui roulaient des couilles en racontant leurs aventures à des extasiés pleins de demis. Des demi-extasiés, plutôt, incapables de voir où est la vraie beauté, ce plaisir qui élève l'âme et qui élève les sens. Dieu punit la vulgarité dans le plaisir, j'en suis sûr : ce qui élève l'âme élève les sens, et les seuls plaisirs sensuels permis sont ceux qui élèvent l'âme. Voilà pourquoi la consécration d'une seule vie terrestre à une seule femme est permise. Voilà pourquoi je me suis toujours fait un honneur de ne compter que pour Sylvie, et que Sylvie seule compte pour moi. Depuis vingt-six ans que nous sommes mariés, les chairs de Sylvie se sont affaissées, ses seins sont devenus un peu plus mous, plus malléables sous ma main, sous mes lèvres, quel plaisir! quelles découvertes! Ce corps si changeant, et si plein de permanences, je saurai lui rendre hommage autant qu'il le faudra – c'est-à-dire, hypocrite! autant que je le pourrai. Car les femmes vieillissantes ont besoin de notre chaleur. Et j'ai besoin du corps tendre et souple de Sylvie, que je remercie d'être là, toujours, dans mon lit, alors que de jeunes crétins plus durs et plus avantageux que moi, peut-être, tournent autour d'elle.

Voilà ce que j'ai ressenti, dans cette cathédrale où, vingt-six ans plus tôt, je me trouvais à côté d'elle, à la place de Jérôme, et où Sylvie était à la place de Laetitia que, finalement, je me suis pris à respecter et à aimer. Et devant le même évêque, qui célébrait une de ses dernières messes dans son diocèse.

« Dans la charité du Christ, dit Monseigneur de Lestagères, donnez-vous la paix! »

Je déteste ça! J'ai toujours envie de répondre aux petites vieilles pincées qui se retournent et vous tendent deux doigts gantés, aux cadres chrétiens qui vous tapent dans le dos, aux scouts qui vous lâchent une main moite et molle, aux mères en mantille, aux jeunes filles raides et aux religieuses grises, j'ai toujours envie de leur répondre : « Par pitié, f...-nous la paix! » Dieu nous garde de cette fraternité froide et convenable de la grande famille chrétienne qui, après ces chaudes effusions, se disperse en cancans sur le parvis!

« Très bien, cette messe, elle nous a fait du bien! » chuchota Sylvie à mon oreille.

Un garçon vient voir Florence

« Alors, on n'a pas été sages?

– Oh! écoute, quel con, celui-là! Tu l'as entendu?

– Qu'est-ce que vous disiez?

– Oh! rien, on se marrait, c'est tout.

– Et à part ça, qu'est-ce que tu deviens?

– Vieille. »

XXX

« EH bien, mon cher, c'est le jour de gloire des Vaudant, dirait-on. Qu'ils en profitent! Un verre avec moi? Vous avez des choses à me dire, j'en suis sûr. »

Fiducier avait raison. Et le plaisir un peu gras de Gisèle, la joie, la fierté un peu niaises de ce brave Régis étaient un peu, comment dire? incommodants, déplacés, mal venus. Gisèle avait la mine pleine d'elle-même, la bouche pincée, le regard mi-clos. Il fallait la voir lors des félicitations qui s'étaient improvisées sur la place! A peine tendait-elle la main, n'écoutant pas ce qu'on lui racontait, calculant combien de personnes l'avaient saluée. En même temps, elle tâchait d'évaluer qui était venu de ceux dont elle avait voulu se venger et qu'elle n'avait pas invités pour la soirée. Tout cela l'occupait beaucoup, sans compter les gens qu'elle ne connaissait pas, et dont elle regardait les chaussures pour évaluer s'ils étaient dignes ou non de ce beau jour.

Tout ce petit monde piétinait sur la place de la cathédrale. Les dames chaussaient leurs lunettes de soleil et s'embrassaient : « Je t'ai vue pendant la messe, ma chérie, tu étais très pieuse, c'est bien! » Mes filles rejoignaient les Prestigieuses du Cours pour comparer leurs toilettes. Les messieurs allumaient des cigarettes. Les beaux-frères changeaient de pellicules et les petits cousins couraient après les petites cousines ou sautillaient auprès de leur père pour aller chercher une boîte de riz dans la voiture.

La vieille Anna Maison

A l'écart de ce tumulte, Anna Maison, la vieille nounou bourrue qui a veillé sur les jeunes années de Gisèle, et fut renvoyée vers sa campagne peu de temps après la naissance d'Hervé.

« Ah! oui, elle fait des manières, mais elle a pissé sur mes jupes, alors qu'elle ne s'avise pas de vouloir m'en remontrer! »

Et de couler un regard qui en dit assez long pour qu'on change de sujet parce qu'on n'a pas encore assez bu. La vieille Anna Maison devrait pourtant savoir que l'on peut tout dire de tout le monde à condition d'attendre son heure. Elle patientera donc jusqu'à l'ivresse du soir pour régler ses comptes.

XXXI

COMME nous passions la porte, Fiducier eut un imperceptible mouvement de recul. Évidemment, le café n'avait pas la configuration familière de la semaine où, le matin pour un jus, à midi pour le graillon et le soir poùr se taper un demi, il retrouvait ses amis de toujours et l'obséquiosité des patrons qui tenaient en lui, croyaient-ils, le dernier des Messieurs de la ville.

Ils ne comprenaient rien, les Britard. Lorsque, vingt ans plus tôt, ils avaient racheté le Café des Palmes, ce que Mme Britard appelait avec componction « la belle clientèle » continuait de venir discuter là des affaires en cours. Rien d'étonnant à cela, cette ville ayant toujours donné le pouvoir à des gens de bistrot, qui se retrouvaient donc : député-maire, adjoints, journalistes, hauts fonctionnaires, magistrats, officiers, à s'échauffer les sangs et à crier très fort.

Émerveillée, Mme Britard voulut donner à cette « belle clientèle » – dont la seule évocation soulevait son soutien-gorge à balconnets – un cadre digne d'elle et s'attacha les services d'un décorateur. Les travaux durèrent deux mois, la « belle clientèle » trouvant refuge au bar de l'Hôtel de France, où elle s'initia au plaisir des cocktails et d'où elle ne bougea plus. Restait Fiducier, que les cocktails aux noms compliqués, « que l'on se doit de déguster », c'est-à-dire de boire lentement, rendaient mal à l'aise. Ce qu'il aimait, lui, c'était voir sur la table poisseuse de hauts verres bavant de bière et qu'on vide à grands traits, sans façon ni souci de teint rouge, de transpiration, de chemises par-dessus les pantalons, de rots ou de descentes toutes les demi-heures pisser à jet épais.

Jamais il n'avait été à son aise parmi la « belle clientèle » de Mme Britard; pas assez en tout cas pour s'oublier à être lui-même. Crispé, il ne sentait, chez ces fils de famille, que condescendance pour lui qui n'avait jamais connu que la toile cirée de la cuisine et qui s'était fait tout seul. Devant ces beaux messieurs élevés comme des plantes en serre, et qui n'avaient eu qu'à se laisser aimer, qu'à se laisser porter pour voir se développer leurs talents dans un milieu favorable, il se sentait à l'étroit, emprunté, jugé. Et il rentrait toujours agacé d'endroits où il pouvait les rencontrer, et notamment de la Chambre de Commerce, où il acceptait sans rechigner les tâches ennuyeuses, les rapports et surtout les voyages à Paris, qui l'enflammaient encore : « Envoyons Fiducier à Paris, ça lui fera plaisir. » On en riait, sans méchanceté, d'ailleurs. Fiducier était un chic type. Simplement, il n'était pas des nôtres. Et cela, comment pouvait-il ne pas le sentir?

Nos rapports, je l'ai dit, étaient bons, et depuis longtemps. Mon oncle Alfred citait toujours en exemple Germain Fiducier, qu'il avait aidé à ses débuts et jamais abandonné, même lors de ses difficultés de 1966. Je me souviens que ma cousine Pascale fut punie pour s'être moquée de ses manières un peu lourdes, un soir qu'il était venu prendre l'apéritif à la maison.

« Pascale! tu n'es qu'une péronnelle!

– Eh bien quoi, grand-père, un invité qui rote! »

Ma tante Odette prenait un air détaché, mais était assez fière de sa fille : enfin une qui osait résister au tyran! Ce n'est pas toi (coup d'œil à l'oncle Louis, qui baissait les yeux) qui en ferait autant!

« Tais-toi, Pascale!

– Et en plus, il empeste l'eau de Cologne », avait ajouté Pascale d'une voix piteuse, déjà prête à pleurer, impressionnée d'avoir affronté, devant toute la famille, son effrayant grand-père, mais elle voulait tout dire et, ayant tout dit et avalé ses larmes, elle se tint droite, un peu hautaine, attendant une punition qu'elle acceptait, qu'elle espérait, même.

Les yeux de mon oncle Alfred s'étaient adoucis. Il lui sembla découvrir sa petite-fille, admirer son cran, chapeau, Pascale! Mais, en même temps, il ne pouvait tolérer, c'est-à-dire encourager que l'on pensât et exprimât des vues si basses sur un homme dont le courage et la force de travail devaient faire l'admiration de tous, ici, de tous, m'entendez-vous? Pour punition, Pascale alla passer une semaine de ses vacances de Pâques à travailler chez Fiducier; et elle logerait chez lui. Pascale trouva l'idée piquante, en grande partie parce qu'elle espérait que sa mère s'interposerait, ce qu'elle fit. Mais en vain.

« Eh bien, Olivier, beau mariage, non? C'est émouvant, tout ce monde... »

Carole et Gégé

Nous avions dû changer de places : la table d'à côté était vraiment trop bruyante. Ce n'était pas la faute de Mme Britard, elle leur avait bien dit de parler moins fort, mais un jour comme aujourd'hui, ce n'est guère facile, surtout qu'ils connaissent quelqu'un du mariage.

« Gégé? fis-je, un peu las.

– Comment le savez-vous? »

Impressionnée, Mme Britard; c'était bon pour moi et je gardai le mystère. En fait, depuis dix minutes que nous étions là, il n'avait été question, à la table voisine, que d'un Gégé dont les aventures étaient relatées avec grand enthousiasme et des exclamations trahissant une certaine sympathie de ses historiographes, au hasard : « Sacré Gégé! », « Ah! le branleur! », « Quand Gégé est pas là, ça se voit, merde! », « Oh! le Gégé, nom de D... », « Ah! il en a une sacrée paire, le Gégé, hein! », et autres flatteuses considérations, qui me firent me demander comment mes propres amis parlaient de moi lorsque je n'étais pas là.

« Ah! les mecs, regardez, le voilà! Putain, ce Gégé, le costard! Remarquez, elle est pas mal non plus, Carole, la vache! »

Il était difficile de ne pas se retourner. N'en déplaise à ses zélateurs, Gégé n'avait pas l'air très à son aise.

« Alors, il le fait ou pas? Moi, je te dis qu'il le fait. Tu vas voir, ce culot. Eh! Papin a bien embrassé Mitterrand, je vois pas pourquoi Gégé il embrasserait pas Mme Vaudant. »

Silence de mort. Tous les yeux tournés vers le parvis où s'agitaient les invités. Puis, longue plainte des supporters. Gégé n'embrassa pas Mme Vaudant parce que Mme Vaudant, après avoir tendu d'un peu loin la main à Carole, se détourna sans un regard pour son mari.

Je connaissais Carole : c'était la bonne des Vaudant, la remplaçante d'Anna Maison. Laetitia et elle, du même âge, s'étaient rencontrées au catéchisme et avaient sympathisé, ne sachant ni l'une ni l'autre qui elles étaient, ce que faisaient leurs parents et les rapports qu'elles seraient amenées à avoir. Carole venait jouer chez Laetitia, Laetitia allait jouer chez Carole. Gisèle mit bon ordre à tout cela, où allait-on? Puis Carole vint servir chez Vaudant, et les liens d'amitié se nouèrent à nouveau entre les deux jeunes filles.

Pour Carole, ce mariage était tout. Depuis des mois, avec l'aide de sa mère (venue à la messe en rougissant, armée d'un appareil photo gagné par Jacky à « l'École des Fans »), elle s'était fait un ensemble « genre Dalida », avec plus de dorures que sur la chasuble de Monseigneur de Lestagères. « Comme ça, je pourrai le mettre aussi pour la soirée », avait-elle expliqué à Gisèle, stupéfaite; depuis quand invitait-on ses aides ménagères? Gégé, lui, plus sobre, avait revêtu son complet de mariage – le seul qu'il eût, qu'il sort généralement pour les réveillons et les départs en retraite des collègues –, agrémenté d'une cravate en cuir, « c'est plus jeune ».

Depuis deux jours, Carole était dans tous ses états – si du moins j'en peux croire les commentateurs assemblés chez Britard. Arrivée à la messe avec une heure d'avance, elle ne savait pas si elle devait laisser son cadeau dans la

R 12 ou le prendre avec elle. A son mariage à elle, tous les cadeaux avaient été déposés dans le chœur. Idée du curé. C'était un symbole, les cadeaux offerts à Carole et Gégé étaient une preuve de l'amour du prochain; l'amour du prochain, c'est l'amour de Dieu; ce qu'on offre au prochain, on l'offre à Dieu. « Et vous croyez que Dieu a besoin d'une machine à laver douze programmes? » avait dit Gégé. Sacré Gégé!

Après colloque, il fut décidé de remettre le cadeau à la sortie de la messe. Comme ça, on ferait des photos! Ce fut difficile, Gisèle n'étant pas très chaude. Mais comme Carole insistait beaucoup et que les invités avaient l'air de trouver ça à leur goût, elle se rallia d'assez bonne grâce à la cause, « mais oui, comme ce sera amusant! ». Et si on se demande pourquoi Gégé fait la gueule sur la photo, c'est qu'il a entendu Gisèle chuchoter à Mme de Limeul : « Que voulez-vous, Solange, il faut bien se rendre, les domestiques font partie de la famille, allons quoi! »

XXXII

DONC, nous avions dû changer de places. Britard avait regagné son bar et Madame essuyait pour la deux cent trente-quatrième fois la même table, en regardant les mariés. Ils se tenaient droits, les Britard, prenant leur mine des jours où ils ont « la belle clientèle ». Le directeur de la banque Dumain, c'était bien la première fois qu'ils le voyaient; pourtant, il avait une réputation de soiffard, mais préférait le buffet de la gare, à ce qu'on disait. Plus discret, peut-être. En tout cas, c'était chic de la part de Germain Fiducier de l'avoir attiré ici. Il aurait droit à une tournée de pastis olives noires.

« Alors, Olivier, n'avais-je pas raison? »

Lorsque Fiducier posait une question, il avait généralement l'envie d'y répondre et d'enchaîner. Alors, je me tus. Habitué à avoir face à moi des gens qui avaient à dire des choses difficiles, qui devaient se découvrir, je savais quelle mine de jésuite prendre, quel air intéressé, mais assez détaché pour que mon interlocuteur pût se dégager si l'envie lui en prenait. Je gardai donc un silence que Fiducier dut trouver engageant.

Le jeune homme qui essaie d'échapper au service militaire

Un peu à l'écart de la foule, Nicole Aubert laissait parler le jeune homme. C'était le fils de Michel Lamy, Philippe. Il y avait trois-quatre ans qu'elle ne l'avait pas vu, il était devenu une splendeur! elle en restait bouche bée.

« Ce n'est pas que je veuille me dégonfler, mais enfin... Vous comprenez.

– Oui. »

C'était comme ça qu'elle les aimait, tendres, sauvages, un peu rustres, pas encore achevés. Le petit Dumain était très bien, mais lui, à côté, ah! là! là! un vrai berger kurde!

« Alors évidemment, si vous pouviez lui en parler... »

Elle ne l'écoutait pas. Lentement, elle dénoua la cravate du jeune homme, déboutonna un à un les boutons de sa chemise, sa peau était douce, sa peau sentait bon, il était fort et fragile. Elle le caressa, posant sa joue contre sa poitrine. Elle aimait les torses lisses et musclés, les cuisses larges et les fesses rondes, et les bras qui serraient fort, très fort.

« Excusez-moi, madame, on m'appelle. »

Et Philippe Lamy courut rejoindre son père. Il n'était pas mécontent d'avoir parlé à cette dame, belle-sœur du colonel Legrand. Être réformé, il ne pensait plus qu'à ça.

Elle n'avait pas trop l'air de l'avoir écouté, mais il était sûr qu'elle en parlerait à son beau-frère.

« Calme-toi, Nicole, se répétait Mme Aubert, calme-toi! Tu as déjà eu le père! et tu veux le fils? »

« Oui », se dit-elle au bout de quelques pas.

Et elle courut retrouver son mari.

XXXIII

« NE leur cédez pas, Olivier, c'est tout ce que je vous demande, et je vous y aiderai. Je ne veux pas qu'ils prennent le pouvoir sur cette ville. Tous ces chefs d'entreprise, je les vomis jusqu'au dernier. Mais pour qui se prennent-ils? Qu'ont-ils donc réussi, qui devrait les rendre si fiers? Quelques jolis coups de maquignons, oui; vendre peu de chair sur beaucoup d'os, oui. Mais ils se prennent pour la peau de Léon [1] dès qu'ils augmentent leur chiffre d'affaires un peu plus vite que leurs confrères. Non, décidément, je ne peux avoir d'admiration pour ces gens-là, qui prétendent nous faire vivre, d'accord, qui nous font vivre, sans doute, mais si mal!

« Dieu nous garde, Olivier, de ces chefs d'entreprise qui veulent se donner un statut plus honorable que celui qui est le leur. Ils se disent sportifs, guerriers, rapaces, requins, prédateurs. J'en ai vu, moi, Germain Fiducier, j'en ai tant vu qui roulaient des épaules, qui étaient si fiers que, ah! ils en jouissaient presque à s'entendre traiter de rapaces. Qui sait diriger un conseil d'administration prétend savoir diriger le monde! Non, vraiment, ces gens-là n'ont aucun intérêt. Ils n'effraient personne d'autre que ces « tapillons » aux mains moites qui nous assomment de leurs serviettes [2] et emplissent nos salles des tantes [3]

1. Napoléon (cf. note page 24).
2. CV, pour « curriculum vitae ».
3. Salle d'attente.

de chemises mauves et de cravates vertes. Tous ces crétins ambitieux qui croient avoir du white-spirit [1] parce qu'ils écrasent les oreilles [2] de leurs voisins pour décrocher ce dont ils ont toujours rêvé, qui fait trembler les mères et se redresser les pères – lesquels s'en grattent les couilles [3] avant de déboucher une bouteille de mousseux – pour décrocher une place. Une place! voilà ce qu'ils veulent! Ils se prennent pour Alec Sandre-au-beurre-blanc [4], ce ne sont que des spermatozoïdes. Non, mais vous les avez vus courir en rangs serrés, à dix, à cent, à mille pour emporter la glace [5] que vous offrez. Ils courent, jouent des coudes, de la savate ou de la salive. Si vous ne les arrêtiez, Olivier, ils seraient prêts à vous tailler une pipe avant de vous tailler des soupières [6]. Prêts à tout. C'est dégueulasse.

« Alors qu'en fait, que sont ces gens? Ce beau monde qui pépie en robe et cravate neuves sur la place, toute cette basse-cour, c'est quoi? De braves gens qui trichent et en rajoutent pour se convaincre qu'ils sont supérieurs aux autres, et qui ne sont pas grand-chose. Tous ces gens ne valent pas ma mère, qui eut une vie féroce, qui se levait très tôt, trop tôt pour son corps tendre, et qui baisait [7] toute la journée des haricots sur le marché pour nous faire vivre, tout simplement. Et vivre, c'est quoi? »

J'eus soudain un peu chaud. J'attendis néanmoins docilement la suite du discours avec un air abattu qui fit rire Fiducier.

« Rassurez-vous, Olivier, je ne vous le dirai pas. Tout

1. Fighting-spirit.
2. Orteils.
3. Couilles.
4. Alexandre le Grand.
5. Place.
6. Croupières.
7. Pesait.

simplement parce que, figurez-vous, je n'en sais rien. Ce que je sais, simplement, c'est que vivre est tout différent de ce qu'ils font tous. Parce que eux, si on les laisse, ils nous feront mourir. D'ailleurs, cette ville va mourir. Et basta! la même chose! »

Camille et Camomille,
les deux inséparables petites cousines

Elles en avaient parfois leur claque, Camille et Camomille, d'être les chouchoutes. A chaque fête de famille, c'était pareil. Sous prétexte qu'elles étaient nées le même jour dans la même clinique – ce qui faisait des souvenirs à leurs mères –, on leur passait la même robe à jupons, on leur coinçait des couronnes de fleurs sur la tête et on les prenait en photo sur un canapé, comme elles étaient mignonnes! attention, le petit oiseau va sortir! et les papas multipliaient les grimaces pour les faire rire... Pauvres papas, comme ils étaient bêtes!

Elles en parlaient, le soir, dans leur lit, après le départ de Bonne-Maman. Elle était gentille, Bonne-Maman, avec ses histoires, mais vraiment barbante. Elle s'embrouillait un peu, mélangeant « Le Petit Chaperon rouge » avec « Barbe-Bleue », se reprenant, et ça n'en finissait pas. Quand enfin elle était partie, leurs papas montaient les embrasser. Elles trouvaient ça drôle, Camille et Camomille : à la maison, jamais leurs papas ne les embrassaient dans leur lit; chez Bonne-Maman, ils montaient tous les soirs. « Moi, disait Camille en s'essuyant la bouche, j'aime mieux quand il ne vient pas : il pique et il sent le vin.
– Oui, disait Camomille, et en plus il chante des chansons connes. » C'était dur, vraiment. Quand elles seront grandes, promis, juré, elles seront méchantes.

XXXIV

N'ÉCOUTANT pas Fiducier, je regardai mes enfants faire les charmants sur la place Saint-Pierre, quel spectacle!

Comme tous les pères, j'imagine, j'avais été assez porté sur le génie de mes enfants, dont j'attendais beaucoup. Comme tous les pères, je ne m'étais jamais occupé d'eux, ne retenant de leurs activités d'enfance et d'adolescence que ce qui pouvait nourrir l'opinion que je m'étais faite depuis longtemps : « c'était égal, ils n'étaient tout de même pas comme les autres ».

Mme Pinel était de mon avis. Mme Pinel est notre bouchère. Elle tient négoce avec M. Pinel à l'angle de la rue du Marais et de la rue Saint-Joseph et règne en boudant sur trois commis rouges, moustachus et tristes. Le premier ficelle les rôtis, le deuxième se cure le nez (« Vous voulez mon doigt? » lui crie Mme Pinel), le troisième égoutte les harengs et boit des bières au Henri-IV, M. Pinel découpe l'onglet et Mme Pinel parle derrière une caisse où elle rend la monnaie et vend de la moutarde.

« Vos enfants, m'sieur Dumain, profitez-en, c'est toujours ce que je dis. Nous, dans le commerce, voyez-vous, c'est pas facile. Mais vous le savez bien, vous êtes dans le commerce, vous aussi. Quand ils étaient petits, je ne pouvais pas m'occuper d'eux, et maintenant qu'ils sont grands, ils se débrouillent tout seuls. Tenez, un exemple pour vous dire : Éric, qu'est au service, eh ben quand i' rentre, c'est pas pour se planter devant la télé. Il sort, il va voir des copains. Et le plus jeune, on le voit plus non plus. Hier, il est allé voir Dépêche Mode, ce soir il est au foute et demain il a un entraînement de rugby. Résultat, la maison est vide. C'est ce que je dis à M. Pinel, j'ai hâte d'avoir des petits-enfants pour pouvoir en profiter davantage. Allez, au plaisir, m'sieur Dumain! Vous avez vu, mâme Pacaud, c'est M'sieur Dumain, mais si, vous savez bien, il fait les courses pour sa dame, c'est sur son chemin, qu'il dit. Tout de même, c'est pas commun! »

Mme Pinel n'avait pas tort, bien sûr! Mais enfin, c'est tout de même vers les dix-huit ans que les enfants sont le plus supportables, lorsque, pleins d'enthousiasme et de boutons, ils quittent la maison pour partir se tailler une place dans l'existence. A partir de ce moment-là, ils ne demandent à leurs parents que de l'argent, et puis m...! Les parents donnent volontiers. Leur liberté recouvrée n'a pas de prix!

En fait, avec les enfants, il n'y a que dix-huit mauvaises années à passer. Dix-huit années où il faut torcher, préparer à manger, éteindre la télévision; où on n'arrive pas à les coucher, où on n'arrive pas à les lever; où il faut suivre leurs études; où ils manifestent des goûts pour tout ce que nous détestons et un mépris souverain pour tout ce que nous aimons. Et puis ils partent et ils nous déçoivent parce qu'ils sont comme les autres.

Moi, par les fenêtres de chez Britard, je voyais des dizaines de Florence et des dizaines d'Isabelle. Mes filles étaient vraiment ordinaires et j'avais été un père ordinaire. Seul Frédéric, peut-être, parce qu'il n'était pas encore tout à fait léché, aurait une chance de préserver son authenticité et de surprendre.

L'obsédé de la sécurité

« Chez moi, dit Alain Bouchet, tout est bourré de systèmes d'alarme, parce que le vandalisme et toutes ces choses qu'on voit maintenant, eh bien le vandalisme fait la fortune des vendeurs d'alarmes. De même que le fisc fait la fortune des experts-comptables.

– Tout à fait vrai, ce que tu dis là! » fit Hervé Vaudant, pénétré.

XXXV

FLORENCE ne s'en était jamais trop souciée. Mais depuis qu'elle avait vu Isabelle embrasser le grand Patrick Niget le long du théâtre, elle voulait un garçon. C'était devenu une idée fixe. Mais comment les séduire? Comment les attirer? Que faire pour qu'ils me regardent, au moins? Elle y pensait, le soir, devant sa glace, prenait des résolutions, qu'elle oubliait le lendemain, lisait son horoscope, passait en revue les garçons « possibles » et se trouvait assez désemparée.

Car aucun de ceux qu'elle connaissait ne pouvait vraiment lui convenir. Quelle poisse! Et Laetitia Vaudant qui s'était jetée sur un étranger!

Florence pense qu'on choisit un garçon comme on choisit un meuble. Elle veut quelqu'un qui aille avec tout, qui n'oblige pas à refaire la décoration de l'appartement, qui s'intègre bien dans la vie qu'elle a commencé à se faire, et qui plaise à ses amies.

Elle cherche.

Le directeur des Galeries Lafayette

Il y avait cercle autour d'Yves Préval, le nouveau directeur des Galeries Lafayette, que le président Dulong interrogeait gravement sur une affaire épineuse.

Ce moustachu commençait à prendre un certain poids dans notre ville, racontait ses voyages, les fonctions qui l'avaient conduit de Lille à Montpellier et de Nantes à Besançon. A chacune de ses arrivées, à chacun de ses départs, le personnel offrait un pot. Ainsi Préval se prenait-il un peu pour le vice-roi, se vantant de connaître la France et les Français sur le bout des doigts, donnant des avis sur tout et annonçant l'avenir.

« A moi, comprenez-vous, on ne peut pas la faire, j'en ai tant vu! »

XXXVI

CONTRAIREMENT à Isabelle, qui prenait la vie – et tout ce qu'elle charriait, dont les garçons – comme elle vient, Florence avait des idées sur l'existence. Elle la voyait comme une suite d'événements survenant les uns après les autres selon une implacable mécanique ordonnant le monde depuis la nuit des temps. De même qu'elle était passée de troisième en seconde et de seconde en première, Florence passerait ensuite à un mari et des enfants. C'était ça, l'existence.

Ainsi, étant l'aînée, elle trouvait choquant de n'avoir pas encore un garçon à son bras, quand Isabelle se trémoussait avec Patrick Niget.

Elle aurait pourtant dû avoir meilleure mémoire et savoir qu'il nous arrive à peu près toujours la même chose. Ainsi, à quinze ans, Florence n'avait pas encore eu ses règles alors qu'un soir, Isabelle, de trois ans sa cadette, était sortie de la salle de bains en hurlant de terreur, de dégoût, un peu de douleur – et en en rajoutant beaucoup –, pour courir se réfugier dans les bras de sa mère. L'entrée d'Isabelle, toute nue, un filet de sang en haut des cuisses, dans la salle à manger où ses parents donnaient un dîner, avait provoqué une chute de cuillères dans les assiettes, des yeux brillants chez les messieurs (je les aurais giflés!) et un sourire de sympathie chez les dames. Isabelle n'avait cédé, en se précipitant vers sa mère, qu'à un mouvement de panique. Mais de sentir glisser sur elle tous ces regards lui avait fait frissonner l'échine. Cinq ans plus tard, elle s'en souvenait comme de son premier émoi sexuel. Suivi de bien d'autres, car Isabelle qui, comme toute cadette, savait que rien n'est jamais à soi qu'il ne faille résolument aller chercher, n'avait jamais connu le désert de Florence. Laquelle, un peu distraite, habituée à être servie la première, découvrait peu à peu que, pour ce coup, elle devrait se débrouiller seule.

Les marchands bavards et le couple muet

Chez Britard, je n'écoutais plus trop Fiducier, embarqué dans des explications vraiment ennuyeuses sur mon complot. Ma décision était, de toute façon, prise, je ne céderai pas. Arriverait ce qui arriverait. Les conversations des tables voisines m'amusaient davantage.

A gauche, des marchands de jeans. Deux pédérastes ayant vécu à Paris, et les voici dans notre ville, je n'arrive pas à savoir pourquoi. Ils parlent de leurs affaires. L'un vient de vivre une aventure : « Ah! tu vas rire! Figure-toi que j'achète un lot de cinquante jeans d'occasion, c'est Lolo qui m'a mis sur le coup. Bon. Mon lot arrive, dis donc! Ils étaient crades. J'appelle Lolo et je lui dis : " Dis donc, Lolo! " Lui me répond : " Impossible, ces jeans ont été désinfectés, lavés à haute température. Ils resteront comme ça, mon vieux, j'y peux rien. " J'en étais malade! Je me dis : " Bon, si Lolo me dit ça, je peux le croire. " Lolo, c'est peut-être Lolo, mais il est net en affaires. Alors, ben sur ces cinquante jeans, il va m'en rester vingt-cinq, tant pis. Je les ai mis en vente avant-hier, ils sont tous par-tis! Tous! Y'a même des clients qui sont revenus : " Celui que j'ai eu était trop propre, je peux en avoir un plus usé? " Ils sont vraiment barjos, les mecs! »

A la table de droite, un couple de cinquante-cinq ou soixante ans. A peine ont-ils échangé trois phrases depuis une demi-heure que nous sommes arrivés. Ils ont raison. On prend le silence chez les couples pour un signe de mésentente ou d'ennui. Erreur. Signe d'union, d'intimité : parle-t-on quand on est seul?

Il est assez agréable d'entendre les conversations des autres. Toutes ces existences auxquelles on a échappé, quelle chance! Ce couple qui en a trop dit ou ces marchands de jeans, persuadés d'être les maîtres du bordel parce qu'ils savent « la tendance de la saison prochaine », et dont la vie tient à cela, qu'ils se racontent passionnément : la vitrine, les stocks, les marques qui montent et les marques qui descendent, les représentants, les bons coups de Babeth et les ennuis de Guitou, quelle misère!

« Je reviens à la chemise. On t'en demande jamais, des chemises? »

XXXVII

JUSQU'ALORS, Florence n'avait pas réussi dans le siècle grand-chose d'autre qu'une assez belle carrière chez les Guides de France. Comme toutes les mères qui, avec terreur, voient s'approcher le mercredi, Sylvie avait pensé que la meilleure façon de se débarrasser de ses enfants était de les enrôler dans ces brigades.

Aucun n'avait rechigné, Isabelle mise à part, mais qui avait rusé en se découvrant une vocation de violoniste. Elle avait vu, à l'École de Musique, que les leçons n'étaient données que le mercredi. Et comme le professeur était, trois semaines sur quatre, en répétitions avec l'Orchestre Philharmonique, Isabelle passait ses après-midi en ville ou chez d'autres virtuoses de son âge. Car le bruit en avait couru les cours de récréation, et une subite flambée de vocations de violoniste était née, le petit groupe grossissant chaque semaine. Des filles surtout, et des garçons délicats, qui trouvaient là le meilleur des moyens d'échapper à l'envie des pères de les voir devenir joueurs de tennis ou judokas.

Un jour, on vit arriver le grand Patrick Niget. C'était quelqu'un, le grand Patrick Niget. Un dur. Un à qui on ne la fait pas. Dès qu'il arriva, l'air rigolard, son étui à violon sous le bras, la petite bande sut que quelque chose allait changer, que quelque chose allait arriver (enfin!) que c'en était fini des jeux de marelle et des Sept Familles. Effectivement, Patrick Niget ouvrit son étui à violon : il était plein de cigarettes, d'échantillons d'alcools, de chocolat, de revues, de saucissons.

« Le premier qui l'ouvre, menaça-t-il en brandissant un poing américain, le premier qui l'ouvre, je lui fracasse le crâne. »

On jura le secret. Il y eut trois ou quatre mercredis délicieux. Le grand Patrick Niget racontait des histoires qui faisaient frémir, offrait des demi-Camel en disant que c'étaient des joints :

« Eh, c'est pas vrai, dit un jour Marie-Caroline, maman en fume des pareilles.

– Eh bien, ta mère, elle se choute! » Et, d'un air plein de mystères, le grand Patrick Niget dévoila à la bande qu'en retournant le paquet on voyait nettement, sur le chameau, se dessiner la forme du Manneken Pis. « C'est un code secret », souffla-t-il, ce qui ébouriffa.

Tous les mercredis, Isabelle rentrait très énervée.

« Elle est bizarre, Olivier, tu ne trouves pas?

– C'est normal, mon amour, elle a passé son après-midi à écouter du crin-crin. Ces choses-là, ça porte sur les nerfs. »

Et comme Sylvie demandait à sa fille de jouer quelque chose, Isabelle répondait, d'un air navré, qu'elle avait cassé ses cordes ou qu'elle n'avait plus de colophane pour son archet, et le concert, au grand soulagement de tout le monde, était remis à une autre fois.

Isabelle était la préférée du grand Patrick Niget. Elle s'en moquait bien, d'ailleurs, n'ayant rien fait pour se concilier les bonnes grâces du chef, ni pour les garder. Elle s'en moquait, voilà tout. Le laisser la choisir comme préférée, c'était une grâce qu'elle lui faisait. A elle la première rasade de Valstar, la première bouffée de joint, les papiers des carambars pour les DH. A elle, aussi, le « regard de feu », lorsque le grand Niget racontait des histoires sentimentales. Et puis à elle, un mercredi d'hiver où la neige avait gardé la petite troupe à la maison; où, seuls tous les deux, la petite Dumain emmitouflée dans son duffle-coat, sous son bonnet de laine blanche, et le grand Niget empêtré dans son anorak plein de taches d'encre, où seuls tous les deux étaient venus. Où il lui avait tout de suite fait le « regard de feu »; où il avait serré contre son anorak ce petit corps souple et tiède, où se cognait un cœur un peu affolé; où il l'avait embrassée, mais doucement, si doucement qu'Isabelle s'était détendue, et aurait tant voulu rester là, dans cette bouche si douce, quand le vent de janvier lui giflait les oreilles. Elle était si bien contre ce grand corps que, complètement détendue, elle avait senti glisser de son ventre jusqu'à ses bottes, sous son collant de laine, un liquide chaud qui lui donna envie de rire, qui lui fit un peu honte aussi, pourvu qu'il ne s'en aperçoive pas! qu'il ne la traite pas de pissouse! Elle se serra plus fort encore contre lui, se demandant avec inquiétude si on faisait toujours pipi dans sa culotte quand on embrassait un grand Niget.

Pendant qu'Isabelle redoublait d'ardeur dans ses leçons de violon, Florence nettoyait son sac à dos, mettait à jour son carnet de chants et partait à bicyclette, avec des morveuses, monter des tentes dans les clairières et faire griller des saucisses sur des brindilles qui s'éteignaient sitôt qu'on les enflammait. Elle rentrait les jambes et les genoux griffés.

Mais là, au grand air, avec les quilles à la vanille, elle martelait les grandes routes et les petits sentiers en braillant de fières chansons que les petites reprenaient en soupirant. Elle était autoritaire, mais comme elle les aimait! Elle leur racontait des histoires, prenait sa guitare, le soir, autour des feux de bois. Et le dimanche, devant les parents, elle animait la messe du père Michel Dubois.

Plus tard lorsque, atteinte par la limite d'âge, elle dut quitter les Guides, elle ne lâcha pas le père Michel et s'occupa d'organiser pèlerinages, retraites, séminaires, se rendant à Chartres, à Taizé, à Vézelay. Elle chantait dans des chorales, participait à des « soirées d'échanges », rencontrait « les autres », donnait des témoignages de vie dans les cérémonies pénitentielles, collectait des boîtes de lait en poudre (« Pas du demi-écrémé, les filles, hein! Les Polonais, ils ne sont pas comme nous, ils n'ont pas besoin de maigrir, ho! ho! ho! ») et vendait des cartes postales pour creuser des puits en Afrique. Elle transportait des malades à Lourdes et des boîtes de petits pois pour les Restos du Cœur, desquels elle resta éloignée jusqu'à ce que l'abbé Pierre leur donnât sa bénédiction. Elle se rendit même à Rome, où elle vit le pape d'assez près pour se sentir regonflée pendant dix ans, et lutta avec énergie pour l'École libre. La manifestation de Versailles l'illumina. « Dieu était avec nous, maman! – Oui, ma chérie, soupirait Sylvie. Florence m'inquiète, Olivier.

– Bah! nous avons fait une ravie de la crèche. Une rassise, peut-être, bientôt, une rancie de la couche...

– Tu n'es pas drôle. »

Frédéric fait le délicieux

Frédéric Dumain n'était pas très content. Il s'ennuyait, son col le serrait, et avec ce vent, il aurait bien été faire de la planche. Au lieu de ça, il devait faire des sourires à des gens qu'il ne connaissait pas.

« Reste avec moi, Frédo, lui avait dit sa mère. Ton père a disparu et je dois aller dire bonjour à Mme de Limeul.

– Vas-y, je t'attends.

– Non, elle sera heureuse de te revoir.

– Tu crois?

– Mais oui, viens.

– Quelle barbe!

– Et en l'absence de ton père, ajouta-t-elle à voix basse, c'est toi le chef de famille. Tu me protèges. Et je suis fière de me promener avec toi. »

Comment résister? Frédéric s'était un peu redressé, rajustant son nœud de cravate, se passant la main dans les cheveux, pour faire honneur à sa mère. Mme de Limeul le trouva splendide, il l'embrassa.

« Eh bien, fit-elle en riant, si tu manques de femmes, toi! Bravo, Sylvie, votre fils est délicieux. »

Frédéric eut un dernier sourire puis, tournant les talons, dit à sa mère :

« Elle a parlé de moi comme d'un soufflé au fromage. Elle veut la recette, peut-être? »

Puis il courut retrouver Antoine qui, pendant la messe, lui avait passé un papier : « Match de foot demain à 15 heures. RDV après la messe près des chiottes. »

XXXVIII

AINSI allaient mes filles, chacune à son pas, chacune à son rythme, se heurtant l'une et l'autre à des imprévus, desquels on n'avait pas pu leur apprendre à jouer, et dont il leur fallait se débrouiller coûte que coûte, en cet âge malheureux et risqué où l'on vit sans pouvoir se regarder vivre parce que les événements auxquels on se heurte, on s'y heurte vraiment pour la première fois. On ne connaît pas. On n'a encore jamais vu ça. Et il faut démêler les mystères, employer cent pour cent de ses possibilités, être « à son maximum ».

Age terrible, quand on y songe. Car ainsi ballotté de première fois en première fois, on peut risquer d'aller à la dérive ou, pis, refuser d'y aller, rester chez soi, se protéger la tête du coude, se boucher le nez.

Ces femmes qui ont peur

Et, encore sur la place, toutes ces petites choses, ces femmes qui ne savent pas vivre. Ou qui n'osent pas, ou qui n'aiment pas ça. Et qui crânent des années entières, qui font semblant, qui trompent leur monde.

Qui trompent-elles? Leur monde, oui. Mais moi, je ne suis pas de leur monde, je n'en comprends pas les codes. Ou plutôt, je vois bien que ce sont des codes, je vois bien qu'elles trichent, qu'elles observent des lois pour éviter de s'observer elles-mêmes, dans leur nudité, cette nudité imparfaite, ce corps déjà blessé, un peu lourd, et dont elles cachent les flétrissures à coups de pommades et de fards.

Eh bien moi, ces femmes-là, j'en ai marre! Toutes ces femmes glissantes, ces femmes qui ondulent, qui s'enroulent, qui hésitent, qui ne savent pas ce qu'elles veulent, qui ne savent pas vouloir. Toutes ces hésitantes ou ces traîtresses que des hommes chichiteux ont nommées coquettes, ces pas en avant, ces pas en arrière, ces danses, ces œillades, ah! là! là! J'aime les femmes qui pètent, qui mangent des filets de thon à l'huile ou des tripes froides, qui ont les aisselles moites et la peau, comment dit-on? ah! oui, « perlée de sueur ».

« Les animaux suent, les hommes transpirent et les femmes ont chaud », nous apprenait-on à dire. C'est-à-dire qu'on nous apprenait à penser le contraire. Eh bien moi, j'aime les femmes qui suent; elles seules me donnent chaud.

XXXIX

LONGTEMPS, donc, Florence n'avait eu aucune idée sur l'amour. Sans penser à lui, elle avait arpenté les routes de France, d'un pas lourd, d'un cœur léger, un bâton ferré à la main, un sifflet entre les seins. Et, au rythme de ses souliers épais dans lesquels se plantaient des mollets trop musclés, des cuisses bien larges, elle chantait :

« Hardi les gars!
Hardi les filles!
Quand on y va,
C'est pour faire mille
Pas d'un bon pas
Jusqu'à la ville,
Oua! »

et, le soir, à la veillée, « Prendre un enfant par la main », que les guidouilles reprenaient en chœur. Et Florence Dumain était heureuse.

L'homme de Venise

« Mais vous ne m'écoutez pas, Olivier, que regardez-vous donc? Ah! oui, " L'Homme de Venise "! »

C'était Hervé Vaudant qu'on appelait ainsi, parmi les gens de notre génération, tout simplement parce que, on s'en souvient peut-être, Hervé est le fruit du voyage de noces où Régis et Gisèle étaient partis roucouler place Saint-Marc et se faire secouer dans des gondoles. Gisèle en était rentrée avec des nausées, de grands airs et une étrange démarche, comme si elle posait sur des œufs ses pieds délicats; Régis, lui, roulait des mécaniques, pas peu fier d'être le premier père de notre bande.

Hervé était assez content de ce surnom. L'Italie, pays des hommes puissants, malins, aimés des femmes, fins politiques. « L'Homme de Venise », bon, c'était un peu restrictif : Hervé se sentant habile comme un Florentin, puissant comme un Romain, fourbe comme un Génois et plaisant comme un Napolitain. Mais soit, il acceptait et clignait de l'œil lorsque Fiducier l'apostrophait de cette manière. Il pensait que c'était bien, de cligner de l'œil, que c'était politique. Alors, il clignait de l'œil.

Hervé Vaudant resta charmant jusqu'à ses études, que son père lui fit mener dans une quelconque école de commerce; une de ces écoles qui rendent les jeunes gens pressés et ambitieux, leur donnent une démarche rapide, leur pincent les lèvres et leur ôtent tout sens de l'humour. Je côtoie beaucoup de ces jeunes gens, à la banque. Ils savent plus de choses que moi, bien évidemment, mais préférant à la lecture de romans celle des journaux financiers, ils ignorent l'essentiel, et tant pis pour eux, ma foi. Ce qu'ils auraient appris avec plaisir dans *Le Curé de Tours,* ils mettront dix ans à l'apprendre grâce à leur foutue « expérience », dont ils me rebattent les oreilles, c'est-à-dire en se cognant partout et en prenant beaucoup de bosses. Mais on ne les plaindra pas.

Dans cette école de commerce, Hervé prit le tic des étudiants en médecine, qui se croient successivement atteints de toutes les maladies qu'ils sont en train d'étudier, et voulut soumettre l'entreprise de son père aux diverses théories enseignées par ses professeurs. Chaque semaine, il rentrait avec des plans de redressement dont il remettait copie à chaque membre du conseil d'administration.

« Quel morveux! disaient ces messieurs, qu'il s'occupe donc de ses 2 CV et de nos femmes, et nous laisse à nos affaires et à nos maîtresses! »

Appartenant à ce conseil, j'étudiai avec soin – j'étais le seul, je crois bien – les plans du jeune Vaudant, le pris sous mon aile protectrice, reconnaissant à ce signe que je vieillissais un peu. Mais quoi? Hervé prendrait tôt ou tard la direction de l'entreprise; il avait l'air d'avoir des idées, donc il ferait des bêtises, bien entendu, et quelques dégâts. Mais peut-être aussi ferait-il quelque chose et, tout compte fait, cela ne pourrait être pire que la molle administration de son père.

Je l'invitais à déjeuner, lui donnant des conseils, révisant ses plans, lui ouvrant les miens. Assez heureux, en somme, de faire partager un savoir que quelques années à la tête de la banque m'avaient donné. Je perdais mon temps, lui ne perdait pas le sien. Et tandis que je lui ouvrais mon cœur et mes livres de comptes, lui imaginait la prise de pouvoir de la Dumain par la Vaudant en ayant vraiment l'air de s'occuper à autre chose.

XL

Un jour, cependant, une vision furtive vint brouiller ce bonheur intact, simple, sain, apparemment solide. Un mercredi, Florence rentrait à bicyclette, les genoux un peu griffés, les chaussettes pleines d'ajoncs, les souliers pleins de boue, de la forêt du Petit-Mûr, où la cheftaine Françoise Braneau avait organisé un jeu de piste. En passant place Balzeau, elle vit un couple debout, enlacé, appuyé contre la façade du théâtre. A côté, à terre, étaient posés deux étuis à violon. Naturellement, c'était Isabelle et le grand Patrick Niget, elle les reconnut tout de suite et faillit en tomber de vélo.

« Qu'est-ce que t'as, ma grande? souffla derrière elle la cheftaine Françoise Braneau. T'es crevée. I' faut dire qu'on a couru, mais qu'est-ce qu'on s'est poilés, patati, patata... »

Florence ne répondit pas et n'écouta pas la cheftaine Françoise Braneau, et ne s'aperçut même pas que, comme d'habitude, à l'angle de l'avenue Hippolyte-Guichard, elle prit un autre chemin. Ce qui amusa beaucoup la cheftaine Françoise Braneau qui, le lendemain, devait rapporter que le jeu de piste avait été si fatigant que, eh bien vous savez pas, les filles, même que Florence Dumain était tellement dans les vapes qu'elle n'entendit pas que je lui disais « gousse d'ail ».

Le baiser, bon. Florence connaissait. Des chefs scouts l'avaient embrassée dans les fourrés, elle avait senti leurs jambes nues contre les siennes. Et ils bandaient, les salauds. Tout cela avait un côté sauvage qui l'affolait. Et une nuit, même, elle avait eu entre les bras le torse nu du beau Philippe, dont toute la meute était folle. Le beau Philippe qui lui caressait les seins. Qui commençait à déboucler son ceinturon, à faire glisser son short, quand on entendit, dans les buissons, un bruit de pas : le père Michel Dubois pissait dans la nuit. Ils s'étaient jetés à terre. Florence sentait cogner le cœur du beau Philippe. Mais lorsque le père Michel Dubois eut rengainé, le beau Philippe souffla, avec dégoût, à Florence, qu'il lui avait pissé dessus.

Ils étaient donc rentrés chacun dans sa tente. L'affaire n'eut pas de suites, le beau Philippe ne pouvant plus voir Florence Dumain sans sentir l'urine bénie du père Michel Dubois lui couler sur le mollet. Cela, Florence le savait bien. Et peu lui importait. Elle n'était pas amoureuse du beau Philippe. Elle n'était pas amoureuse du tout, ce qui ne semblait pas le cas d'Isabelle. Voilà ce qui la troublait beaucoup.

Ce qui la travaillait, c'était l'air apprêté qu'avait sa sœur, en jupe, avec des collants à elle (quel toupet!) et ces chaussures vernies empruntées à leur mère. Elle avait même noué un foulard. En un mot, elle voulait plaire, c'était évident. Et plaire à qui? Au grand Patrick Niget, la terreur des cours de récré, qui parcourait le Cours à mob, avec sa bande, pour faire des dérapages contrôlés sur le gravier. Isabelle était tapée! sonnée! folle! amoureuse, quoi! Merde! Isabelle était amoureuse avant même que Florence l'eût été. Et, pour comble, le dimanche suivant cette révélation, son père lui passa un deuxième rang de perles autour du cou : Florence avait vingt ans!

Après quelques nuits blanches, où elle avait un peu pleuré, Florence s'était donc dit que son enfance était passée, que son adolescence était passée et qu'elle devait, à présent, faire « ouvrage de dame », comme elle le répétait en riant. Soit, elle le ferait. En une semaine, elle quitta les Guides, retira ses options sur les pèlerinages où elle s'était inscrite, s'en fut dire au père Michel Dubois qu'elle n'animerait plus les messes, et se mit à lire des magazines pour se donner de l'esprit sur les sujets à la mode. S'étonnant elle-même de sa légèreté à dire adieu à une vie qui avait été la sienne pendant un bon nombre d'années, elle alla chez le coiffeur, dépensa en un après-midi dans les boutiques tout l'argent qu'elle avait mis de côté pour ATD Quart Monde, avec un plaisir fou, comme s'il était agi d'un argent qui n'était pas à elle, quels délices! A l'Université, elle quitta les places de l'amphithéâtre qui n'étaient fréquentées que par les boursiers et les gens des cités universitaires, pour les rangs plus huppés de la jeunesse dorée. Elle s'étonna, là aussi, de la facilité avec laquelle elle avait quitté ses amis, de la facilité avec laquelle (elle en fut un peu piquée, et puis bon!) ceux-ci s'étaient détournés d'elle. Sans fâcherie aucune, d'ailleurs, et tout naturellement. Pendant quelques jours, aux intercours (à l'Université, on ne dit plus « récréation »), elle les retrouva néanmoins à la cafétéria. Puis, ils se contentèrent de se saluer lorsqu'ils se croisaient. Puis, plus rien, terminé. Des gens avec lesquels elle était sortie au cinéma, avait hanté les tonus et les pizzerias, qu'elle avait invités chez elle pour préparer des examens et des exposés, avec qui elle déjeunait quotidiennement, dans la chambre de qui elle buvait avec bonhomie un infect Nescafé, réchauffé sur un Butagaz, de toutes ces bonnes relations, il ne restait rien. Rien qu'une indifférence un peu hostile, et qui les mettait mal à l'aise lorsqu'ils se rencontraient.

Oui, vraiment, il avait suffi à Florence de voir, sur la place Balzeau, le baiser donné par sa sœur au grand Patrick Niget pour changer de vie comme on change de chambre. De la Florence d'hier, celle des feux de camp et des récollections, il ne restait rien. Bien plus, en repensant à cette vie d'alors, elle eut l'impression qu'elle n'avait pas été elle-même. Mais bien une autre. Pendant toutes ces années, Florence Dumain n'avait pas été Florence Dumain.

La première ambition d'Hervé Vaudant

Hervé Vaudant était pourtant assez drôle, autrefois. Il était partout, on ne pouvait le tenir, insupportable, charmant, irrésistible. Puis, il a pris du ventre et de l'assurance, et voyez!

Je me souviens que sa première ambition était de faire faire un tonneau à une 2 CV Citroën. Les spécialistes haussaient les épaules : « Impossible! » Trois ans durant, tous les week-ends, Hervé Vaudant tâchait de retourner des 2 CV dans la campagne. En vain. Il avait fini par repérer une piste assez favorable à ses essais, partait à fond de train, atteignait une vitesse de quatre-vingt-dix ou cent kilomètres-heure et tournait brusquement dans un virage assez sablonneux, en épingle à cheveux. Il rentrait avec des bleus et des bosses et n'arriva jamais à ses fins. Un week-end, après avoir écrasé une petite fille qui cueillait des mûres, il décida d'arrêter ses expériences.

XLI

« SAVEZ-VOUS, Olivier, savez-vous pourquoi la Vaudant crèvera? Savez-vous pourquoi votre banque crèvera? Et savez-vous pourquoi, en définitive, notre ville crèvera, elle aussi? Eh bien, je vais vous le dire. Vous avez la réponse sous les yeux, dans ces huiles répandues sur la place Saint-Pierre. Tous ces gens crèveront parce qu'ils sont déjà morts. Et ils sont morts parce qu'ils ne sont plus des corps vivants. Ne riez pas, Olivier. J'ai l'air, comme ça, de débiter des évidences. Mais ce sont des évidences auxquelles personne n'a encore jamais songé. Ou auxquelles personne encore n'a donné foi. Et ça brûle les yeux, pourtant, ça brûle les yeux. Regardez donc ce ballet de crétins. Eh bien, pour eux, le monde se limite à cela. La mère Vaudant a toujours dit qu'au mariage de sa fille, elle voulait " tout le monde ". Elle l'a. Elle voulait dire : " Je veux tous ceux qui font notre ville, qui constituent la haute société locale. " Eh bien ils sont tous là. Même les plus riches, même les plus pauvres, même les plus fiers, même les plus glorieux, même les plus malades. Ils sont tous venus. Il n'en manque pas un, m'entendez-vous. Pas un. Même le duc est venu, c'est vous dire. Et la mère Vaudant s'est offert le luxe de refuser une dizaine d'invitations à ceux qui, un jour ou l'autre, lui ont manqué. Et qui sont partis pour quinze jours en Martinique, afin de faire croire qu'ils avaient préféré leurs vacances à une invitation que, de toute façon, ils n'auraient pas eue. Mais personne ne sera dupe, la mère Vaudant a trop bien fait les choses. Et cette dizaine d'invitations refusées mettront, si ce mariage est une réussite, ce qui semble bien parti, vingt personnes sur la touche pendant quelque temps. Ce qui, je le sais, risque d'être dangereux pour six au moins d'entre elles, qui ne sont pas assez fortes. Et auxquelles je conseillerais très gentiment de quitter la ville. Et voilà le monde où nous vivons, mon cher. Cette place sent le renfermé, cette place est une cellule. Et, sans le savoir, sans le vouloir, bien entendu, nous sommes devenus des prisonniers. Prisonniers de la place Saint-Pierre.

« Et remarquez bien, Olivier. Regardez tous ces gens. La mère Vaudant aurait bien été en peine d'inviter dix personnes de plus. Elle voulait " tout le monde ", elle a eu " tout le monde "; mais elle ne connaît que ce monde-là. Et voilà pourquoi la Vaudant a des problèmes. Et voilà pourquoi la Vaudant va mourir. Et voilà pourquoi notre ville va périr.

« Peut-être ont-ils raison, après tout, ces bourgeois aux yeux courts. Cette vision égocentrique de l'existence, qui berce notre province de " tendre insouciance ", peut-être est-ce ce qui fait la marque de notre pays et, allons-y, de notre civilisation, de la civilisation française, qui exprime là ce qu'elle a de plus bête : petits espoirs, petits bonheurs, petits rêves, petites révoltes, petites colères. Tout est petit, chez eux, car leur monde est petit et ils en sont le centre. Mais après tout, n'est-ce pas mieux, n'est-ce pas plus honorable que cette prétention des Vaudant à vouloir singer un monde qui n'est pas le leur?

« Nous avons fait la France à nos mesures, Olivier, et la France nous l'a bien rendu. Et que demander de mieux, que demander de plus, finalement, que ce petit bonheur paisible et satisfait, qui ne voit rien autour de lui, et alors?

« Régis mourra parce qu'il a voulu être ce qu'il ne pourra jamais être : un capitaine d'industrie, idée que sa femme lui a fichu en tête. Et pourquoi, mon cher? Pourquoi Gisèle a-t-elle eu une telle idée? Pourquoi? Parce qu'elle est une pauvre fille naïve, qui a trop lu les magazines, et qui a cru trop longtemps que la vie consistait à fouler le tapis rouge des escaliers, en faisant " Bonjour! bonjour! " de la main. Avec, à chaque soirée, une robe différente prêtée par un grand couturier, ou même dessinée spécialement par lui. Voilà une femme que Vaudant aurait dû laisser à Paris trois jours par semaine, s'étourdir dans les bars avec des amants peut-être, des gigolos plus sûrement. Mais il a voulu, ce crétin, être à la hauteur. Il a voulu, cet idiot, dépasser la seule mesure dont nous soyons les maîtres. Il a voulu dépasser sa mesure.

– Ne l'avez-vous pas fait, aussi, Germain?

– Non, pas du tout. Je suis un être dénué d'ambition, car je suis incapable d'envier et incapable de rêver. J'ai toujours cru que ma place était bonne et j'ai toujours été très heureux de mon sort, même lorsque j'étais grutier sur les quais et qu'en trente secondes, je devais enchaîner seize mouvements différents. J'étais un excellent grutier. Puis je suis passé à autre chose, vous connaissez mon histoire. Et jamais, jamais je vous l'affirme, je n'ai serré les dents et me suis dit : " Je veux ça, je l'aurai. " Jamais.

« Mais lui, Vaudant, il a voulu dépasser sa mesure. Il a voulu mettre son entreprise au niveau des rêves de sa femme. Or, vous le savez bien, Olivier, rien ne s'accorde plus mal que les comptes et les rêves. Les rêves ne s'arrêtent jamais, les rêves se nourrissent d'eux-mêmes, et les comptes ternissent le regard, toujours. Vaudant aurait dû être sec, dès le départ, couper court aux élucubrations de sa femme, qui n'est d'ailleurs pas une méchante fille.

– Et aujourd'hui, que veut-il?

– Rien, mon cher! Régis ne veut rien. C'est Hervé qui mène la danse. C'est très simple, écoutez-moi. La Vaudant ne tient que grâce à votre banque et pèse de plus en plus lourd dans vos comptes, si lourd que ça en sera bientôt insupportable. Pour l'instant, vous êtes là, parfait : sans la banque Dumain, plus de Vaudant. Régis trouve ça très bien. Seulement, Hervé veut le pouvoir, pour lui et sa clique. Or, qui dirige aujourd'hui la Vaudant? La banque Dumain, par Rivet. Bien encombrant, Rivet. Compétent, indispensable, mais encombrant.

– Donc?

– Donc, il faut éloigner la banque. Comment? En la poussant à la faute. La faute, pardonnez-moi, c'est vous qui l'avez faite en prêtant pour ce mariage à Régis Vaudant un argent que vous n'aviez pas le droit de lui prêter. Si donc Régis ne vous rembourse pas, vous ne pouvez rien lui réclamer, et vous en êtes responsable devant votre conseil d'administration. Voyez l'astuce!

– Certes, je vois, Germain, je vois bien. Poussons plus loin. La banque Dumain relâche un peu son emprise. Il n'en reste pas moins que la Vaudant est en règlement judiciaire, que le syndic veille et qu'il faut de l'argent. Qui a de l'argent? La banque Dumain.

– Mon cher Olivier, la banque Dumain n'a que l'argent de ses clients. Et vos clients, c'est qui, dans votre cas? les hommes d'affaires de cette ville : Bouchet, Chasenin, Parodeau, Odelin et les autres. Bref, les conjurés. Qu'ils s'en aillent, et votre argent s'en va.

– Oui, mais si mon argent s'en va, je ne soutiens plus la Vaudant et la Vaudant s'écroule. Où est l'intérêt d'Hervé?

– Eh bien, Hervé ouvre son capital à Bouchet, Chasenin, Parodeau, Odelin et les autres. Ils sont huit, en tout, et ils ont de l'argent. Ainsi la Vaudant passera-t-elle du contrôle de la banque Dumain au contrôle des conjurés, menés par Hervé Vaudant. C'est-à-dire que l'entreprise de Régis Vaudant sera dirigée par Hervé Vaudant, sans que le père n'ait rien vu et ne puisse rien faire. Tout le principe du coup d'État. C'est simple, non?

– Oui, trop simple. Il y a là-dedans quelque chose qui m'échappe.

– Comprenez bien, Olivier. Ils vous cherchent, aujourd'hui. Ils veulent une querelle. Ils vous font des demandes que vous ne pouvez accepter. Si vous acceptez, vous êtes leur otage. Dans le cas contraire, ils s'en vont, vous ne pouvez les retenir. Dans les deux hypothèses, vous êtes cuit.

– A moins que...

– A moins que?

– A moins que je ne provoque la mise en liquidation de la Vaudant et que je ne dénonce divers trafics dont sont coupables lesdits Bouchet, Chasenin, Parodeau, Odelin et consorts, et qui sont couverts par le secret bancaire, mais là...

– Ah! vous y allez fort. Si vous faites cela, tout s'écroule. Et vous avec. Impossible. En attendant, excusez-moi, je vais pisser. Je crois d'ailleurs que je vais pisser pendant trois heures. Je vais pisser à m'en vider le cœur. »

La deuxième ambition d'Hervé Vaudant

Des 2 CV, Hervé Vaudant passa aux femmes et à l'amour. « Voyez-vous, mesdames, l'amour m'intrigue. Car enfin de deux choses l'une : soit l'amour est une technique, soit l'amour est un art.

– Peut-être est-il les deux, Hervé, gloussaient les dames.

– Ah! ne m'embrouillez pas, Virginie [1], je raisonne, comme vous le voyez. Et pour raisonner, il faut être clair, donc il faut distinguer. Alors je distingue. Vous voulez bien?

– Quoi?

– Que je distingue? »

Elles riaient, ces idiotes, qu'il était charmant!

« Distinguez!

– Merci. Donc, je distingue. Admettons que l'amour soit une technique. Vous admettrez que, depuis les débuts de l'humanité, donc depuis les débuts de l'amour, les techniques ont évolué de façon considérable. L'amour, qui est donc une technique, se doit d'avoir évolué à la même allure. Ainsi, la position dite, pardonnez-moi, Marie-Ange, du " missionnaire ", ne peut avoir été inventée qu'après Jésus-Christ, et celle de la brouette, ne rougissez pas, Françoise, qu'après l'invention de cet engin. Même

1. Marie-Ange, Bernadette, Catherine ou Danielle...

remarque pour “ Napoléon entre les remparts ”, vous y êtes? Bon. Or, on parle toujours de l'accélération de l'Histoire et de l'accélération des techniques. A juste titre, d'ailleurs, il n'est qu'à regarder autour de soi. Eh bien, parle-t-on d'une accélération des techniques de l'amour? Non. Quel inventeur, quel ingénieur, quel génial technicien s'est-il penché sur le problème? Personne. Or, n'est-il pas, écoutez-moi, Michèle, n'est-il pas, tout compte fait, plus important de consacrer sa vie à l'amélioration des techniques du plaisir qu'à l'amélioration des suspensions automobiles ou de la bombe atomique? Dieu merci, j'arrive!

– Et si c'est un art?

– Bon, en art, on ne peut pas parler de progrès. La question ne se discute même pas, sauf au baccalauréat. Mais l'art bénéficie des progrès techniques (on complique, passons...) et, en art, si on ne peut parler de progrès, on peut tout de même parler de progressions. C'est-à-dire qu'on ne s'exprime plus, aujourd'hui, quel que soit l'art, comme on s'exprimait il y a cent ou deux cents ans. En amour, je constate tristement que si. Dieu merci, Nicole, j'arrive! »

Ces dames rentraient, dit-on, assez déçues des expériences auxquelles Hervé les invitait, pour le plus grand bonheur de l'humanité. Elles trouvèrent – les témoignages concordent – qu'il parlait beaucoup et bandait peu. Peu et court. Pour le remercier, elles lui envoyaient du basilic, de l'ail, du gingembre. Il ne comprenait pas, mais il parlait toujours.

XLII

DANS ces salons Napoule, où Fiducier et moi arrivions bons derniers pour les félicitations, des générations d'étudiants en médecine avaient repris « La grosse bite à Dudule », les étudiants en dentaire « La p'tite Lulu » et les étudiants aux Beaux-Arts « Les trois orfèvres ». Inaugurés en 1938 par Jean Nohain et Maurice Chevalier, qui chanta « Ah! si vous connaissiez Napou-ou-ou-oule! » ils n'avaient pas changé depuis, abritant tour à tour les meetings de la Mutualité, l'élection des reines de la ville, des réunions de représentants et notre Salon de l'Auto. L'Académie de la Belle Plume y remettait ses Grands Prix à des poétesses rosissant sous leur voilette, l'Amicale Saint-Luc y sacrait ses meilleurs aquarellistes et les Témoins de Jéhovah s'y réunissaient pour trembler.

Bref, ce n'était pas vraiment l'idée que Gisèle se faisait du chic, mais comme les patrons avaient multiplié les avances et offert leur établissement, Régis, pour une fois résolu, avait déclaré que les économies ont parfois du bon, et qu'il fallait accepter. C'était tout Régis, ça : coulant sur l'essentiel, ferme sur les points de détail.

Gisèle, d'ailleurs, sentit dès le début du « verre de l'amitié, ha! ha! ha! c'est ce qu'on doit dire, non? » que le choix n'était pas si mauvais, l'endroit rappelant des souvenirs à bon nombre de ses invités : « Oui, souriait-elle d'un air mi-canaille, mi-contrit, ces salons sont une institution, ça nous a semblé amusant. »

De fait, ça amusait. « Ah! tout de même, ces Vaudant, ils ne sont pas communs! » Ce qui faisait frétiller Gisèle.

Tante Martine enquête

La tante Martine se précipite sur Florence. « Eh bien, Flo, c'est quand, ton mariage, ma petite vieille? Fais gaffe! Tu veux donc rester vieille fille? »

Elle est comme ça, la tante Martine, très « entrante », voulant tout savoir, donnant des conseils, poussant à l'action, adorant les larmes, toujours prête à écouter et à soutenir, s'occupant de tout le monde, ayant toujours une expérience à raconter. Isabelle et Frédéric la fuyaient d'instinct. Mais Florence se confia.

XLIII

AYANT réussi à me débarrasser de Fiducier en le présentant à mon excellent ami André Gariès, huissier de justice, je rejoignis Sylvie qui, déjà, faisait la queue.

« Mais où étais-tu donc passé? Mme de Limeul m'a demandé de tes nouvelles.

– Chez Britard.

– Hein?

– Au café, avec Germain. Il avait à me parler.

– Ah, oui, le fameux complot! »

Sylvie souriait.

« Tu es au courant?

– Vaguement.

– Je t'expliquerai.

– Je l'espère bien. En tout cas, Germain est dans un bel état. Regarde donc Gariès! »

Pauvre Gariès, à qui Fiducier, chauffé par les dix bières qu'il venait d'ingurgiter, expliquait ses vues sur la profession qu'il exerçait, des escrocs, oui!

« Vous roulez en Porsche, Maîtresse Gariès a de jolis bijoux, et vous une jolie montre, et je sais que vous faites construire, comme des petits-bourgeois que vous êtes. Bref, pas à plaindre, maître Gariès, pas à plaindre. Beaucoup d'argent, c'est ça? mais cet argent, à qui l'avez-vous pris? »

Et de broder un peu lourdement sur le thème, devant un Gariès grillant d'impatience, et sa femme un peu pincée. Ce plouc allait-il faire un scandale? Il se mettait à tutoyer André, maintenant! C'était un coup à se faire virer du Rotary.

« Un escroc, oui. Pour l'instant, excusez-moi. Je n'en ai pas fini avec vous. Je reviens. »

Et Fiducier déboula vers les lavatories où, pissant à gros bouillons, il continua ses philippiques, ayant trouvé une oreille compatissante en son voisin d'urinoir qui, bien sûr, pouvait difficilement fuir.

« C'est grave, ce complot? » demanda Sylvie.

Je l'embrassai.

« Qu'est-ce qui est grave, si tu m'aimes? »

Réponse idiote, mais qui la fit taire. C'était déjà ça!

Le grand Patrick Niget

Le grand Patrick Niget avait bien changé. Les cours de violon, le regard de feu et les joints étaient loin. On avait fini de rigoler, il s'agissait maintenant de préparer l'avenir, de s'ouvrir une carrière, de leur montrer, à tous, qui il était, et surtout à cette Isabelle Dumain, qui lui avait mis le cœur en loques, lui si fort, si solide, qui en avait pleuré dans son lit! Aussi s'était-il juré de ne pas la regarder de tout le mariage. C'était difficile, mais elle souffrirait, chacun son tour, de le voir se dandiner au bras de Catherine Pauly, la grande rousse aux gros seins.

XLIV

AINSI badinant, nous avions pris place dans la foule qui, à pas menus, piétinait dans un brouhaha, vers les trois couples radieux. C'était l'heure de gloire de Gisèle, le moment qu'elle avait attendu, dont elle avait tant rêvé. Toute la ville, toutes ces « chè-è-è-ères amies », tous les créanciers de son mari (qui en avait le col humide et la paume moite), tout le Cours faisait la queue pour lui serrer la main. Gisèle distribuait sourires, force poignées de main, baisers, même, au gré de ses sympathies, de ses alliances, de ses intérêts et de ses humeurs.

Il était assez facile aux invités de voir la place qu'ils tenaient dans son cœur, Gisèle n'en faisait aucun mystère, et aurait même poussé jusqu'à être au comble du bonheur si elle n'avait, à ses côtés, senti son pauvre mari, ce brave Régis, si empressé, si accommodant, si huileux. Ah! qu'il l'énervait! qu'il était donc lourd! que la vie était simple, ne s'en apercevait-il pas? Ne suffisait-il pas, pour montrer sa puissance, d'être désagréable avec les gens qu'on régalait et qui, d'ailleurs, s'énervaient un peu de ne pouvoir boire tant que les félicitations n'étaient pas faites. Sur le côté droit de la salle où la file s'était formée, les serveurs se tenaient, à deux pas de la table, raides; les bras croisés derrière le dos, surveillant le buffet, l'œil dur sur les malappris qui demandaient un verre. « On ne sert pas, Monsieur! » Tandis que, sur le côté gauche, sautaient les bouchons.

Nous nous étions glissés parmi la foule pour éviter tous ces gens, ces relations d'affaires, ces emprunteurs qui voulaient m'entretenir des questions du jour pour, naturellement, après quelques « C'est bien, c'est bien », glisser vers leur propre cas.

Florence, Isabelle et Frédéric s'étaient regroupés, se demandant s'ils devaient nous suivre ou rester à discuter entre eux, en attendant que la situation devînt plus conforme à ce qu'ils avaient l'habitude de faire, à des manières qu'ils maîtrisaient mieux. Ce cérémonial les agaçait. Étaient-ils venus à ce mariage pour féliciter les Vaudant une cinquantième fois, ou les parents de Jérôme, qu'ils ne connaissaient pas et dont ils se moquaient bien? Certes, ils connaissaient Jérôme, les filles pour l'avoir remarqué lors de leurs soirées, Frédéric parce qu'ils jouaient dans la même équipe de football, mais c'était à peu près tout. Et ils se voyaient mal débiter des fadaises. Il le fallait, pourtant. Florence, fatiguée d'être restée trop longtemps dans le groupe de cette jeunesse ignorante des usages, et qui n'osait pas se mêler aux gens qui, leur corvée terminée, avaient été invités par le maître d'hôtel à prendre une coupe de champagne, nous rejoignit, et déjà le flot nous emportait. Florence, aussitôt rejointe par Isabelle et Frédéric, et qui n'était pas peu fière d'avoir donné l'exemple, retrouvant ainsi son rôle d'aînée, que le baiser de la place Balzeau et les turbulences qui avaient suivi avaient un temps mis en péril.

Le petit garçon qui plaît aux dames

C'est son premier mariage. Il l'a attendu comme on attend Noël, s'est laissé laver, bouchonner, parfumer, coiffer avant de revêtir culotte de velours bleu roi, hautes chaussettes blanches, souliers vernis à boucles, ceinture de satin bleu ciel, chemise bouffante et gants de fil. Dans la glace, il ne se reconnut pas, quelle merveille!

« Tu as bien compris, Pierre-Emmanuel? Tu tiens bien la main de la petite Bénédicte et tu veilles sur elle. C'est toi, le grand. Et pour la quête, tu lui tiens bien le petit panier pour qu'elle donne aux gens. Fais bien attention et ne marche pas trop vite. »

Pierre-Emmanuel avait tenu le rôle avec grâce et simplicité. Comme c'était facile! Comme tout le monde était gentil! Comme la vie était plaisante!

Il avait hâte d'être au prochain mariage.

XLV

NOUS piétinions donc vers les trois couples radieux. Laetitia rayonnait toujours, qu'elle était belle! qu'elle semblait pure! A côté d'elle, en tailleur fuchsia, la mère de Jérôme avait plus d'un trait de ressemblance avec Elizabeth Taylor. Quant à Gisèle, en jaune citron, elle tirait plus sur Joan Collins.

« Regarde, murmurai-je à l'oreille de Sylvie, le tailleur de Gisèle.

– Eh bien?

– Il n'est pas jaune citron, il est jaune Collins. »

Ce qui nous fit éclater de deux rires trop forts pour cette cérémonie un peu empruntée, si convenable et très rance. Deux rires qui, prolongés par ceux de Florence, d'Isabelle et de Frédéric, provoquèrent un brouhaha dans l'assistance. Ça riait clair du côté Dumain, et ça riait longtemps, tournant au fou rire. Non pas, loin de là, que la plaisanterie fût excellente. Mais dans cette ambiance tiède et recueillie de sacristie, ce fut un tel courant d'air que, je le crains, ça ne passa pas inaperçu. L'échine de plus d'un invité en frissonna. Gisèle sentit la tête lui sauter des épaules pour repérer les coupables. « Qui rigole? Qui se moque? Ils me le paieront! » Puis, voyant que c'était nous, elle se radoucit : que pouvait-elle faire?

« Décidément, murmura Hervé Vaudant à l'oreille de maître Hernage, ce Dumain ne se contrôle plus. Dangereux, non? »

Enfin, le fou rire cessa. Ce fut Florence qui, s'apercevant que ses larmes faisaient couler son maquillage, stoppa net. Suivie de Frédéric et d'un peu tout le monde. Au calme qui se fit, je m'aperçus de ce qui venait de se passer, qu'on nous avait regardés et qu'Hervé Vaudant ne nous quittait pas des yeux; et au lieu de me reprendre à rire, comme souvent en ces cas-là, je me pris à rougir violemment, me redressai et eus honte, une honte qui se transforma en colère puis, est-ce bête, en bouderie. J'enrageais, en fait. Rien ne parut, bien sûr, et je demeurai tout sage dans la file, qui n'en finissait pas de se reformer tandis que nous nous rapprochions tellement des trois couples radieux que nous parvenions à entendre les fadaises, les mêmes, débitées par les mêmes gens, depuis des générations.

Le petit garçon qui ne plaît pas aux dames

« Figure-toi, Marie-Do, que ç'a été une co-mé-die avec celui-là! D'abord, il n'a pas voulu être dans le cortège. Bon, j'ai dit à Gisèle : " On fait le costume quand même, et quand il le verra, il sera ravi! " J'ai donc envoyé les mesures. Penses-tu! quand le costume est arrivé, Igor s'est mis à pleurer : " Nan! j'veux pas me déguiser. J'vais avoir l'air d'un clown. J'irai pas. " J'ai d'abord essayé de le raisonner : " Mais enfin, mon chéri, c'est bien d'être dans le cortège. C'est un honneur pour toi, tu verras bien tout, tu seras sur les photos. Tu seras le chevalier servant de Claire-Sophie Dupré. Pierre-Emmanuel y sera aussi! " Je pensais avoir trouvé l'argument choc... Rien du tout, ma pauvre! Igor redoubla de sanglots. " Pierre-Emmanuel est un con. C'est plus mon copain. " Bon. J'étais quand même embêtée et j'ai tout raconté à Hubert quand il est rentré. T'aurais vu ça! Hubert a passé un de ces savons à son fils, c'est bien simple, je ne l'ai jamais vu aussi énervé. Oh! je ne savais pas ce qu'il avait, mais alors, quels cris! Igor ne disait rien, regardait son père avec l'air de dire : " Cause toujours, mon bonhomme! " Et, le lendemain, on a trouvé le beau costume découpé en morceaux. Je crois que je n'ai pas fini d'en voir, avec lui! »

XLVI

« MAMAN, qu'est-ce qu'il faut dire? » Frédéric.

« Ce que tu veux, mon chéri. “ Félicitations ”, c'est bien.

– A chacun?

– Mais oui, à chacun.

– C'est emmerdant, ce truc. »

Grand-mères en liberté

Consciencieusement, Mme Grenu-mère et Mme Callais-mère faisaient le tour des tables du buffet, se tenant par le bras, goûtant de tout, trébuchant d'assiette en assiette, pendant que, de l'autre côté, progressant du même pas, un garçon emplissait chaque fois de nouveaux verres pour elles.

« Hein, croyez-vous, Simone, chuchotait Mme Callais, si la directrice nous voyait! " Et notre diabète, madame Grenu? Et notre tension, madame Callais " hi! hi! hi! Ah! pas mal, celui-là, au jambon. Non, l'autre, Simone. Ça, c'est du salami. Remettez-le!

– J'ai mordu dedans, Angèle, je ne peux pas le reposer.

– Oh! pensez donc. On dira que c'est la petite souris, hi! hi! hi! »

XLVII

Je souris, mais sans me retourner vers mon fils qui, décidément, m'enchantait. Oui, c'était emmerdant, ce truc. Comme la plupart des trucs du petit milieu de ces gens parmi lesquels nous nous traînions aujourd'hui. Oui, c'était emmerdant, cette comédie piétinante, cette procession, cette bave qui n'en finissait pas de couler vers les trois couples radieux, souriant, embrassant, serrant, remerciant, figures de manège, oui, tous, d'un manège qui n'en finissait pas de tourner, qui avait tourné avant nous tous, et qui continuerait de tourner après nous tous, avec d'autres. Un manège écœurant, toujours, étourdissant, jamais. Et je m'en voulais de me traîner encore, à quarante-cinq ans, dans cette procession qui jamais ne cesserait, aux côtés de Sylvie, que j'aimais toujours, oui, et même mieux qu'autrefois; aux côtés de Florence, qui devait penser à autre chose, au jour de gloire où elle serait là, à la place de Laetitia; aux côtés d'Isabelle, qui ne pensait à rien, qui s'en f..., bien sûr, comme toujours, qui chantonnait, protégée par son insouciance, sa légèreté, jusqu'au jour où, elle aussi, mais comment? serait touchée; aux côtés de Frédéric, qui répétait ses formules, se lissait les cheveux, essuyait ses paumes moites de son mouchoir, arrangeait sa cravate, ce cher Frédéric, tellement sauvage, tellement mieux fait pour les cavalcades des stades que pour les tangages des salons. Ah! oui, je leur en voulus, à tous! et à moi-même d'être resté sans réaction durant tout ce temps, de m'être laissé bercer par cette vie, ce Cours, cette ville, ma banque et toutes ces choses que je n'aimais pas, mais j'aimais quoi? Comment avais-je manqué? Et quand?

De là, je repassai en mémoire les événements les plus déterminants de ma vie. Les moments précis, peu nombreux, où l'on a l'occasion de choisir, de dire non, de prendre telle voix plutôt que telle autre. Des moments précis? Imprécis, plutôt, où l'on n'a conscience de rien, où l'on ne se rend compte de rien si, justement, on n'a ni but ni volonté. Parce que je n'avais jamais eu ni volonté ni but (et comment faire pour en avoir? qu'avais-je eu envie de faire de ma vie? À chaque fois que, dans mon enfance, la question m'avait été posée, j'étais resté très évasif, parce que je n'en savais rien, parce que je me demandais s'il fallait faire quelque chose de sa vie, parce que je me demandais s'il n'était pas plus sage de laisser la vie faire quelque chose de soi).

Et, tout à coup, là, au mariage de Laetitia Vaudant, je sentis que, non, décidément, ça n'était pas ça. Je sortais de ma torpeur. Tous ces gens parmi lesquels je m'étais, par faiblesse, condamné à vivre, je leur en voulus. Il me faudrait m'en débarrasser. Château Bougon!

Tout à mes songes, je ne m'aperçus même pas que je venais de saluer les trois couples radieux et, mécaniquement, je continuais de serrer des mains. Ce ne fut qu'au moment où, m'apprêtant à saluer un serveur qui, interloqué, me dit :

« Une coupe, monsieur? »

L'esprit fort

Comme d'habitude, Patrice Vaudant n'avait pas voulu venir. Les fêtes de famille ne le concernaient pas. La famille, il la rendait par les yeux, par la bouche, par tous ses orifices. Laetitia avait bien essayé de le réconcilier avec les siens, lui avait écrit une jolie lettre, mais celle-ci lui était revenue avec la mention : « N'habite plus à l'adresse indiquée. » « Pourvu qu'il n'ait pas fait de bêtises, maman! – Eh bien, s'il fait des bêtises, au moins, on aura de ses nouvelles. D'ailleurs, il viendra au mariage, tu verras! »

Non, il n'est pas venu. Mais, ce matin, Laetitia a reçu d'Angleterre un télégramme : « BONNE CHANCE MA TITI. Signé : PATOU. » « Eh bien, commenta Gisèle, il lit au moins *Le Figaro,* tout n'est pas perdu. »

XLVIII

Ce ne fut, donc, qu'au moment où, m'apprêtant à féliciter un serveur qui, interloqué, me dit : « Une coupe, monsieur? » que je me réveillai. En sursautant. Sylvie était à mes côtés, Florence et Isabelle embrassaient Jérôme. Quant à Frédéric, il n'en finissait pas de complimenter, avec les belles phrases qu'il avait préparées. Il était si long qu'un bouchon se forma. Et si charmant qu'il réussit à faire rire la mère de Jérôme. Puis, il courut vers nous :

« C'est super, les félicitations! »

Et il regardait avec envie les gens qui faisaient encore la queue, brûlant d'y retourner. Mais Antoine était là :

« On n'a pas fini la composition de l'équipe. »

Maître Hernage

Maître Hernage se méfiait d'Olivier Dumain, avec qui il était pourtant en excellents termes. Mais quelque chose lui échappait, quelque chose ne lui semblait pas net, le personnage n'était pas clair; son attitude vis-à-vis de Régis, non, pas très franc du collier, tout ça...

Régis, lui, ah! c'était autre chose. Hernage l'admirait depuis l'enfance : il le trouvait beau, angélique, surtout dans la chorale, en aube. Lorsque Régis chantait :

> *« Asperges me hyssopo et mundabor :*
> *lavabis me et super nivem dealbador »*,

tout seul, pour la fête du collège, le petit Henry Hernage avait un frisson. Comme Régis était beau!

Ce frisson, maître Hernage l'a toujours. C'est pourquoi il protège Régis Vaudant. Un homme qui chantait si bien dans la chorale du collège ne peut pas être mauvais. Dumain, lui, n'était pas dans la chorale : il jouait au football. C'était autre chose...

XLIX

APRÈS les félicitations, je déposai Sylvie et les filles à la maison et courus à la banque. Sur mon bureau, déposés par Rivet, les dossiers Vaudant, Chasenin, Odelin, Parodeau et Bouchet... Les avait-il consultés après mon départ, vendredi? Les avait-il mis là à mon intention? Rivet en savait, de toute façon, beaucoup plus sur cette affaire qu'il n'avait bien voulu me le dire. Quel savon je lui passerais lundi!

En attendant, l'examen de ces dossiers me confirma l'hypothèse que j'avais faite à Fiducier : soit j'acceptais les conditions des conjurés, et ma banque se retrouvait dans un tel état de faiblesse qu'elle passerait automatiquement sous le contrôle d'un groupe international – perdant ainsi l'indépendance qui en faisait le cachet, tête de l'oncle Alfred! –, soit je refusais et, si ces salauds allaient jusqu'au bout, nous aurions un joli chambard...

Lorsqu'un choix est aussi clair, il ne faut jamais se presser de décider, mais laisser les choses et faire n'importe quoi, on verrait bien. Ce serait question d'humeur. J'avais les idées claires et, vraiment, je me sentais dégagé de tout cela. On verrait bien.

Bertrand Caudet attaque

« Tu as vu, Florence, nous sommes à la même table! »

Bertrand Caudet s'était précipité sur le plan : « Si nous sommes à la même table, pensa-t-il, je ne me branle plus pendant quinze jours. Non, une semaine. Non, deux jours! » Il rayonnait. Florence, occupée à renouer le ruban de Sophie Noulois, qui avait glissé, n'entendit pas.

« Y'a qui encore? demanda Sophie.

– Euh! Toi, t'es pas à notre table. Avec nous, y'a Dorothée Mouret, Cyrille Babin, Benoît de Marnèse, Dominique Castan et les autres, je connais pas.

– Et Richard? » fit Florence.

Et les deux filles d'éclater de rire.

« Euh! non. Il est avec toi, Sophie, ta sœur, Patrick Niget, Catherine Pauly et je ne sais plus qui.

– Oh! dit Florence, déçue. Je veux être avec ma copine (clin d'œil). Je sais, je vais changer avec Isabelle. »

Effroi de Bertrand Caudet :

« Je ne sais pas si on peut. C'est prévu comme ça.

– Ta, ta, ta. Isabelle sera ravie. Elle, à la table de Patrick Niget, ça va encore faire des histoires, je vois ça d'ici. Tu viens, Sophie, on va voir ce qu'on peut faire. »

Et les deux filles plantèrent là un Bertrand Caudet assez vert.

L

« Où étais-tu, Olivier? »

Sylvie parut, un peu inquiète. La robe, couleur absinthe, qu'elle s'était commandée pour la soirée était une merveille.

« Bravo, ma chérie. Avec ou sans?

– Avec.

– Dommage! »

Elle eut un petit rire :

« Voyons, Olivier, c'est une soirée convenable. Mais où étais-tu donc?

– Soirée, convenable, hum, ça, on verra. J'étais à la banque.

– Allons bon. C'est donc si grave?

– Oui, ça peut l'être.

– Mais pour qui? Raconte. Il se passe des choses, ici. Allons bon, le téléphone. »

C'était l'oncle Alfred.

« Bonjour, mon petit. Il faudra que je te voie, tout à l'heure. J'ai rencontré Fiducier, cette histoire m'embête, je ne te le cache pas. Quel voyou, ce Vaudant! Enfin, ne t'en fais pas, on va peut-être s'amuser. A tout à l'heure. »

« Ne cède pas, Olivier! me dit Sylvie. Ne cède pas! »

Le duc de Clair avait prêté son château, pour la réception. « Je ne vous le loue pas, voyons, Vaudant, pour qui me prenez-vous? Je vous accueille chez moi, ce qui est bien différent. Faites ici ce que vous voulez pour votre " boum ". Il en a vu, ce château, sachez-le. Je doute que vous puissiez m'éblouir. »

On avait dressé des tentes sur les pelouses, entre les allées, éclairées de flambeaux, que parcouraient des valets à la française porteurs de rafraîchissements. De petits orchestres dissimulés dans les buissons jouaient des airs à la mode. Assez clinquant, tout ça, bien dans le style Vaudant.

Que cherchaient-ils donc tous? En auraient-ils bientôt fini de s'étourdir dans des fêtes où ils n'avaient pas leur place? Ne voyaient-ils donc pas que leur temps était passé? Qu'on n'avait plus besoin d'eux? Qu'ils avaient eux-mêmes signé l'arrêt de mort de cette société tiède et faisandée, où ils pourrissaient, qu'ils ne prolongeraient pas, qu'ils avaient rendue stérile en ne cessant de se dissiper, de se congratuler, de se caresser! Et moi, Olivier Dumain, j'avais trempé dans ce jus-là!

D'ailleurs, il y avait pire et plus dangereux, je le vis ce jour-là pour la première fois. Il y avait la garde montante, il y avait nos enfants. Or, nos enfants n'étaient plus nos enfants. En eux s'étaient peu à peu formés des sentiments, des ambitions, des envies qui, stupeur! n'étaient pas neufs; des sentiments, des ambitions, des envies qui ressemblaient furieusement aux nôtres. Nos enfants prenaient peu à peu les places que nous quittions. Ils ne nous bousculaient pas pour faire quelque chose à eux, quelque chose de neuf; mais, sentant la tiédeur, la sécurité, qu'ils auraient chaud, qu'ils seraient bien, ils cherchaient ce que nous avions eu sans le vouloir, ce qui nous avait été offert en ces temps si faciles où nous avions pris nos places dans le monde. Cette quête minable, c'était leur aventure. Ils avaient déjà tendance à nous ressembler, et ils ne voulaient que ça, nous ressembler. Merde!

Le pire, pour moi, était de voir que mes enfants ne faisaient pas exception à la règle. Qu'ils étaient comme les autres et resteraient comme les autres. C'était – sauf à être d'une mauvaise foi évidente, mais l'intérêt, vous allez me le dire? –, c'était sûr, ils étaient comme eux, comme tous les autres, comme tout le monde. Il n'était qu'à les regarder... Pour la première fois, nous étions ensemble à une soirée; ensemble, mais séparés. Ils s'amusaient à leur manière, comme ils l'auraient fait si nous n'avions pas été là. Et je découvrais ça. Je n'étais pas le seul, d'ailleurs. Barneuil, aussi, regardait ses enfants d'un œil un peu rond. Et tant d'autres. La bourgeoisie du Cours et du quartier Saint-Pierre découvrait ses enfants. C'était assez drôle à voir, quelquefois odieux. Le sentiment le mieux partagé était, m'a-t-il semblé, la stupeur. La stupeur d'avoir fait ça. La stupeur qu'ils s'amusent comme ça. La stupeur qu'ils en soient arrivés là, déjà, et sans nous. Des mères ont vieilli de vingt ans en voyant danser leurs filles; d'autres se découvraient des talents de maquignons. Lorsque s'ouvrit le bal, notre génération se sentit vaincue. C'était fini pour nous, nous le sentions. Nos enfants, bien sûr, ne virent rien. Ils dansaient.

Le duc

Le duc s'en voulait d'avoir cédé. Il avait eu quelque amitié, autrefois, pour le père de Gisèle, qui était un bon bougre, qu'il aimait bien, quoi, ce qui lui arrivait de moins en moins dans ce monde vulgaire, parmi ces gens impossibles avec lesquels il finissait sa vie.

Pour résumer sa pensée, le duc de Clair enrageait de cette fièvre qui avait saisi tout le monde de ne pas rester à sa place, de vouloir « changer la vie », « progresser sur l'échelle sociale », et toutes ces fariboles...

« Pourtant, monsieur le duc, votre famille est une famille de conquérants, qui ne sont guère restés à leur place...

– Certes, mais on nous a placés là. C'est une mission que l'Histoire nous a confiée et que l'Histoire nous a reprise. Elle nous a confié cette mission, nous assignant ainsi notre place, et, cette mission, nous l'avons menée à bien. Après quoi, elle nous l'a reprise. Entre nous, ce n'est pas ce qu'elle a fait de mieux, l'Histoire. Nous avons été pendant mille ans l'armature de la France, et pendant mille ans la France a été la première nation d'Europe, c'est-à-dire du monde. Et depuis deux cents ans, c'est vous, l'armature de la France. Eh bien, je trouve cette armature un peu molle, et que la France se traîne, voilà. Tout ce qui vous intéresse, vous, les bourgeois, c'est de vous hausser, c'est-à-dire de faire mieux que vos parents ou que vos voisins de palier. Nous, on s'en foutait de se hausser : on était au sommet. Même le roi, on s'en foutait. Enfin, au moins jusqu'à Louis XIV. Mais même Louis XIV, on s'en foutait. N'allait-on pas chier sur ses tapis, à Versailles? J'aimerais vous voir chier sur les tapis de l'Élysée... Peut-être le feriez-vous, mais de peur!

« Alors, voyez-vous, comme nous étions au sommet de " l'échelle sociale ", nous n'avions que l'envie de faire progresser la France. Nous étions pour l'inégalité – nous le sommes encore –, et c'est d'ailleurs l'inégalité qui nous a tués puisqu'il s'est trouvé parmi vous des gens qui étaient supérieurs à nous. Des cons, des trous-du-cul, des aigris. Mais des hommes supérieurs.

« Même depuis deux cents ans, nous restons à notre place, cette place nouvelle où l'Histoire nous a mis. Et nous n'en bougeons pas. Nous étions les plus forts, ce qui nous plaisait bien. Aujourd'hui, nous sommes les plus faibles. Eh bien, ça nous plaît aussi. Voilà comment nous sommes, nous autres. Mille ans au pouvoir, deux cents ans hors du pouvoir...

– C'est votre traversée du désert?

– Oh! non, nous nous reposons, c'est tout. A vous de travailler à présent et d'être comptables de vos actes devant l'Histoire. Ferez-vous aussi bien que nous? J'en doute. Nous étions impossibles, bagarreurs, légers, assez bêtes, dégagés, charmants. Mais, en accumulant les sottises, nous avons fait la force et la grandeur de la France. Vous, les bourgeois, vous êtes convenables, gris, sinistres, boutonnés, envieux, frileux. Vous ne ferez rien de bien. Regardez donc cette mômerie de mariage : Les fêtes de Clair avaient une autre allure, jadis, croyez-moi! Allez, bonsoir, monsieur! »

LI

SOUS la tente où nous conduisit un gros maître d'hôtel, je retrouvai mes parents et mon oncle Alfred, qui courut vers moi : « Ah! Olivier, viens donc que je te parle, mon vieux!

– Laisse-le donc, Alfred, tu lui parleras tout à l'heure, fit mon père. Ah! leurs affaires, leurs sacrées affaires! soupira-t-il en se retournant vers les dames, auxquelles il me présenta. Assieds-toi donc, mon garçon. Vous aussi, Sylvie, et buvez avec nous à ce grand jour. Allez, un toast! Qui porte un toast avec moi?

– Eh bien, papa, en pleine forme, je vois.

– Tu vois bien. Je suis en pleine forme depuis que je ne pense plus qu'au plaisir. Que veux-tu? Toute ma vie, on m'a considéré comme un médiocre parce que je ne faisais pas montre de cette hargne coriace qui fait que les " capitaines d'industrie " se prennent pour des maréchaux de France. Que voulez-vous, mesdames? tous ces combats m'ont toujours semblé vains : remporter des marchés, s'aiguiser les dents, prendre son téléphone pour dire du bien de soi-même, toute cette sacrée agitation n'était pas pour moi, je l'ai toujours su. Dès mon enfance où notre père nous faisait visiter la banque, comme s'il s'était agi de la cathédrale de Chartres, mon frère ouvrait de grands yeux, marchait sur la pointe des pieds pour se grandir, durcissait la voix, parlait avec hauteur aux employés. Toutes ces histoires m'ennuyaient passablement. A la maison, on ne parlait que de la banque, comme, non le centre du monde, mais le monde, tout simplement. Mon frère était émoustillé, puis se montra complètement excité. Moi, je bâillais ostensiblement, ce qui faisait de la peine à mes parents : " Mais qu'allons-nous faire de Michel? "

« Moi, j'ai toujours senti que j'étais sur terre pour être inutile. Pour le plaisir, en quelque sorte. J'étais sur terre pour faire danser les jeunes filles, organiser des pique-niques, mettre du crottin frais sous les chevaux en peluche du rayon jouets des Galeries Lafayette, chanter des chansons au dessert et faire la conversation aux jolies cousines que leurs maris ennuyaient. Toutes ces qualités indispensables à l'agrément du monde, mais que le monde juge comme assez pitoyables, ou peu dignes d'estime. Alors, imaginez ma surprise lorsque je me suis aperçu que j'étais arrivé au monde dans une époque n'ayant foi que dans le travail et dans une famille de laborieux assez bornés. Et imaginez mon désarroi lorsque je me suis aperçu que non seulement je n'étais pas doué pour gagner de l'argent (ce qui n'était pas grave : de l'argent, nous en avions), mais que je n'étais doué pour rien qui fût rentable. Autant dire pour rien. Après m'être essayé à bien des choses, il fallait bien que je me rendisse, oui, mesdames, à cette constatation aveuglante : je n'étais doué pour rien. Je ne savais rien faire, je ne voulais rien faire de ce qu'on me proposait. J'en ai conçu une juste stupeur, j'en ai été atterré. Puis, j'ai pris peur. J'ai eu peur toute ma vie, je le reconnais. Car, en plus, comme si cela n'avait pas suffi, je n'étais pas doué non plus pour le courage. Alors, voilà ce qu'a été ma vie : rien. Elle a passé comme un songe, une vapeur assez tremblante. Et maintenant, youpi! je me réveille. Frais comme l'œil. Il est temps. »

Florence mène l'enquête

« Eh bien, ma vieille, t'as le ticket-choc, ou quoi?

– Mais je te jure, je le connais à peine. Je l'ai vu une fois au rallye Montbert-Pallois. On a dansé un peu, c'est tout.

– Attends, on va demander à Dorothée. Elle est sortie avec lui au mariage de Marie-Diane. »

Les renseignements ne furent pas très bons. Gentil, Bertrand Caudet, mais un peu collant. Il envoie des lettres, n'arrête pas de téléphoner, veut t'apprendre des trucs, te faire « découvrir » des choses.

« Des choses?

– Oh! t'affole pas. Quand je dis "des choses" c'est de la peinture, des machins comme ça. Alors tu vas dans les musées et il te parle pendant des heures de trois pommes pourries sur un plat ou des fesses d'Apollon, en faisant des rapprochements. Ou alors à l'opéra, et au lieu de te laisser dormir tranquille, il te pousse du coude chaque fois que c'est sublime, et il te raconte la suite à l'entracte en t'expliquant que Patricia Jumelle, c'est mieux que Patricia Kaas. Enfin bref, moi, dehors! »

Elle se moquait dur, Dorothée Mouret, et ça rigolait fort, du côté des filles. Florence, pourtant, se disait que, tiens! pourquoi pas, c'était peut-être intéressant tous ces échanges de vie, ces rencontres vers l'inconnu, ces découvertes des chemins de l'autre, ces ouvertures sur des univers, ces regards sur l'ailleurs, ces vagabondages vers ce qu'on pourrait aimer. Mais comme Sophie Noulois s'écriait « Poubelle! poubelle! » elle préféra rire avec elle.

« Et question nature?

– Oh! Sophie, arrête! gloussa Florence.

– Ben quoi, c'est bien de tout savoir. Parce que je vois d'ici ta tête si tu te découvres un salsifis.

– Salsifis, non, ce serait plutôt banane!

– Ah! oui..., rirent ensemble Florence et Sophie, en ouvrant de grands yeux cillants.

– Oui, mais alors il n'arrête pas de réciter des vers, et quand il jouit, il s'écrie : “ Apothéose! ” »

LII

MON oncle me regardait avec une certaine impatience, pendant que pérorait mon père, devenu assez bavard avec l'âge. Ces dames gloussaient, clignaient des yeux, se prenaient à témoin, se récriaient de le voir ainsi faire le modeste.

« Vous dites ça, hein, sacré coquet, mais vous avez magnifiquement réussi. Qu'est-ce qu'il aurait fait, sans vous, votre frère? Ah! non, non, moi, je vous le dis, Michel, vous étiez épatant. Moi, je préférais avoir affaire à vous, Mme Brétéché aussi, elle me le répétait encore l'autre jour. Et nous disions, quel dommage que Michel ne soit plus là, il nous aurait arrangé ça, et puis, il a toujours une conversation intéressante. C'est vrai, ça. Tandis que les employés que vous avez maintenant, qui vous embrouillent la tête en vous parlant chinois, qui ont les mains moites et des chaussures mal cirées. Et qui fument devant vous, j'en ai vu, Michel! Ah! non, vraiment, on vous regrette.

– D'ailleurs, poursuivit plus bas une autre commère, heureuse qu'Alfred, excédé, ait fini par quitter la tente, d'ailleurs on préférait avoir affaire à vous qu'à votre frère. Parce que votre frère, on en parlait l'autre jour avec Mme Brétéché, tenez, oui, pas plus tard que l'autre jour. Eh bien, votre frère, avec ses grands airs et son regard vicieux, il nous faisait un peu peur. Ah! non, qu'est-ce qu'il aurait fait sans vous? Sans compter qu'à la Libération, hein! (clin d'œil) qui est-ce qui aurait eu des ennuis si vous n'aviez pas été là? Oh! non, il a beau faire le fier – remarquez bien depuis quelque temps, il s'est amélioré, d'accord. Mais à l'époque! »

Ces considérations amusaient beaucoup mon père, qui savait bien, lui, la vérité. Les vieilles fortunes de la ville, c'était lui qui s'en occupait. Enfin, façon de parler. Il se contentait de transmettre les dossiers à d'obscurs tâcherons qui « faisaient travailler l'argent », et tenait salon, dans son confortable bureau, à la cheminée toujours flambante, où il servait thé et confitures, et faisait parler, ce qui a toujours été le meilleur moyen de passer pour un brillant causeur. Moyennant quoi, il savait tout de ce qui se passait, de ce qui se préparait dans la ville, et était pour son frère un remarquable agent de renseignements. D'autant plus qu'il savait à merveille déceler le faux du vrai, et que les deux frères étaient discrets. De leur silence ont dépendu bien des réputations.

Les jeunes mariés

Ils rentrent à peine de voyage de noces. « Une semaine au Maroc, vous voulez voir les photos? Alors, voici l'hôtel. Pas mal. Beaucoup d'Anglais, des retraités aussi. Notre chambre donnait sur la mer, mais on avait la flemme de descendre, alors on restait sur la terrasse, auprès de la piscine. Là, c'est Vincent au tennis. Il faisait une de ces chaleurs! Mais je lui ai dit : " Ça, mon petit vieux, je ne veux pas d'un mari avec du ventre. J'ai épousé un sportif, alors on y va! " Oh! là, c'est quand on a fait une promenade en chameaux, on s'est marrés! J'avais mal au cœur! En descendant, j'ai dit à Vincent, plus jamais! Là, c'est avec un autre couple, qu'on a rencontré là-bas, des Lyonnais. En voyage de noces, comme nous. Lui, est dans l'informatique, mais avec Fabienne – Fabienne, c'est elle, les coups de soleil qu'elle s'est payés! –, on leur a dit : " Ah! non, les garçons, on parle pas boulot! " Nous, on n'a presque pas quitté l'hôtel, il y avait bien des excursions, mais en car, par cette chaleur! Et puis, un voyage de noces, c'est fait pour se retrouver. Et nous, après le mariage, on était vraiment morts. Alors, on a lézardé une semaine. C'est court, une semaine, mais bon. On a la vie devant nous, maintenant. »

LIII

Mon père plaît bien aussi à mes enfants. Et à tous leurs amis, qui le trouvent « extra ». Une espèce de phénomène détaché de tout, et qui les rassure un peu en leur rappelant que, bah! la vie passera, et qu'il ne faut pas trop s'en faire, parce qu'on passera aussi avec elle, et que tout cela n'a pas grande importance. Mon père a toujours été pour eux un refuge; pour eux, qui ont eu vingt ans dans une époque plus difficile que la nôtre, et que l'avenir parfois intimide. Mon père leur apprend que l'avenir, c'est tout de suite, et qu'il n'y a vraiment pas à s'en faire, parce que la vie nous porte, nous surtout, qui sommes tout de même des privilégiés. Et puis, bon, peut-être qu'un jour ou l'autre, nous perdrons ces privilèges qui font nos délices. Eh bien, cela ne sera pas grave du tout, car notre seule richesse doit être en nous-mêmes. « La seule richesse, aimait à répéter mon père, qui nous appartienne vraiment est notre passé; et encore non, car il faut compter avec l'oubli. Notre passé, nous l'oublions. Alors, il y a une autre richesse, qui est comprise entre nos yeux et nos cheveux, c'est notre cervelle. C'est-à-dire qu'en l'utilisant bien, on peut être à peu près tranquille. Car regardez ce qui se passera si vous utilisez mal votre cervelle... Voyez votre grand-oncle! »

On en riait. Et il riait lui-même de bon cœur. Naturellement, il exagérait. L'oncle Alfred n'avait pas mal utilisé son cerveau. Il l'utilisait encore assez bien. Mais enfin, ce n'était plus tout à fait ça. Privé de la banque, il tournait un peu à vide. « On vous regrette, mon oncle, lui disais-je parfois, vous devriez revenir de temps en temps! » Mais il s'indignait : « Revenir sans pouvoir! As-tu perdu la tête? Mais, mon petit, c'est comme si, dirait ton père, la cantatrice donnait un concert après avoir perdu la voix... Sans mon pouvoir, sans cette autorité, je ne suis plus rien, tu le sais fort bien. Je ne suis plus rien pour ces gens, dont je me moque éperdument, et qui n'ont jamais été pour moi plus importants que des machines à écrire ou des sièges de bureaux. Me regrettent-ils seulement? Ils te l'ont dit. Alors, ce sont des cons. Ou bien ils ne le pensent pas, et ils te l'ont dit pour te flatter, ce qui est assez odieux, mais pas étonnant. Ou bien ils le pensent et te dictent ta conduite : saque-les! Mais quant à moi, ils ont disparu de ma vie. C'est fini, m'entends-tu, Olivier? C'est fi-ni! »

Sa voix tremblait un peu. Il haussait le ton. Mais enfin, jamais il n'est revenu sur sa parole. Jamais. Il n'est jamais retourné à la banque et a mis, à fuir ses anciens employés, une énergie que ses débiteurs d'autrefois avaient mis à le fuir.

Cette page tournée, il restait tout de même l'esprit ballant. Il n'avait pas été habitué à ces loisirs pour lesquels son frère paraissait tellement doué, ce qui, après coup, semblait le charger de rancune. « Quoi, est-ce donc tout ce que tu as appris en cinquante années de travail? Ah! bravo, vraiment, tu nous auras coûté cher! Sans toi, les actions de la Franco-Canadienne auraient donné deux cents pour cent. » Colère qui retombait très vite, et n'éclatait vraiment que lorsque les deux frères étaient seuls – leurs épouses, même, n'y avaient pas droit –, « Nos querelles ne regardent que nous », disaient-ils dignement, avec des mines gourmandes. Mais Alfred recherchait tout de même la présence de Michel. Les deux couples s'étaient d'ailleurs rapprochés (les deux femmes, ma mère, ma tante, s'adorant, bien qu'amies d'enfance) et, du quatuor, Michel avait pris la tête, laissant, par habitude, pour avoir la paix, pour lui faire plaisir, Alfred prendre des airs de tout commander.

Jérôme et Laetitia passaient de table en table

Jérôme et Laetitia passaient de table en table, souriant, demandant si tout allait bien, complimentant les dames sur leur toilette, les messieurs sur leur bonne mine, distribuant des morceaux de voile (« Ce sera toi la prochaine mariée », disait Laetitia aux jeunes filles) et racontant des anecdotes : Laetitia avait mal aux pieds, Jérôme avait failli oublier les alliances (« C'est signe de bonheur, les enfants! ») Xavier n'avait pas mis de film dans son appareil, on avait reçu des nouvelles de Patrice, grand-mère avait mangé de tout, vraiment étonnant pour son âge, et maman était transfigurée, elle s'est vraiment donné du mal.

LIV

En écoutant mon père, je me souvins que, lorsque j'étais enfant, je pensais qu'être adulte, c'était être fort, prémuni contre tout, être allé à tout, être revenu de tout. Du roc, on était, ou mieux encore, du béton armé, de cette matière dont les blockhaus étaient construits – on me montrait que, jamais, ils ne pourraient être démolis, ce qui m'impressionnait beaucoup, comme on peut l'imaginer.

Ce que j'ignorais, c'est que l'enfance est la période la plus solide de la vie, et qu'on va ensuite s'attendrissant. Oh! certes, on s'est forgé des armes, on sait crâner, se défendre, jouir de ses défauts. Mais le moins qu'on puisse dire, c'est qu'on est fragile.

Vue de l'enfance, néanmoins, la vie des adultes paraissait simple. Les adultes allaient à leur bureau, lisaient les journaux en fronçant les sourcils et se plaignaient beaucoup. Qu'est-ce qu'ils pouvaient se plaindre! A propos de n'importe quoi, d'ailleurs, mais surtout à propos des impôts, des factures, du gouvernement, du sport. Enfin de tout ce qui était sans importance ni intérêt. On reconnaissait d'ailleurs une chose sans intérêt ni importance à la plainte poussée par les grandes personnes à son endroit. De ces bagatelles, nous soupirions que, vraiment, « c'était des trucs de grandes personnes », c'est-à-dire que ça ne valait pas la peine de s'en soucier. Soupirer après les impôts était idiot puisque, de toute façon, ces impôts, on les paierait. Alors, autant les payer le plus rapidement possible, on en serait débarrassé.

C'était, pensions-nous, comme les devoirs que nous avions à faire, et contre lesquels nous râlions un peu. « Eh bien, fais-les. Ensuite, tu en seras débarrassé. Et tu iras jouer. » Et comme nous râlions : « Tu ne seras jamais un homme », alors que les hommes, eux, passaient leur temps à râler...

Depuis, j'ai bien vu que la vie des adultes était un peu plus compliquée que ce que j'imaginais lorsque j'étais enfant. Mais pas tellement, tout compte fait. Il m'est vraiment resté quelque chose de définitif de mes impressions d'alors, et qui doit être de famille puisque mon père en est arrivé, lui aussi, à penser cela. Ou plutôt à le dire. Quelque chose du genre de ceci : la vie des adultes est infiniment simple, plus simple en tout cas que celle des enfants, qui se préparent à ils ne savent quoi, tandis que les adultes, eux, savent ce qu'ils veulent, et choisissent toutes les complications qu'ils apportent à leur existence. Quant aux complications qui leur tombent dessus, ils doivent savoir s'en enrichir et avec quelles armes les combattre.

Mais ce à quoi on ne s'attend pas, lorsqu'on est enfant, c'est de voir ses parents vieillir et se ratatiner quand eux nous voient grandir. Et la pire des épreuves, c'est de dépasser ses parents sur leur propre terrain. C'est ce que j'ai vécu, déjà! La famille vous donne un coup de pouce; vous vous installez et vous vous débrouillez; et c'est assez bon d'avoir des comptes à rendre, ça aide, ça permet d'évaluer les progrès qu'on réalise. Mais quand, tout à coup, on est le premier, on est seul. Et c'est un rude coup de lire de la fierté dans le regard de sa mère, un bonheur déchirant. On a envie, parfois, qu'elle vous apporte un verre d'eau sucrée, comme dans ces nuits d'enfance où l'on hurlait pour la réveiller, laissant papa grogner, et qu'elle vînt pieds nus, un peu hagarde, dans sa légère chemise de nuit où l'on sentait son corps chaud, ses seins lourds. Elle vous posait sur le front une paume inquiète en chantant « Frère Jacques » ou « Ah! vous dirais-je maman? » Et on se rendormait, apaisé. Mais c'est fini, tout ça. Et l'on doit se dire que, ça y est, on est devenu le plus fort, et que c'est à nous, à présent, de les protéger, de les rassurer, de les porter, d'être là.

Notre tour ne tardera pas. Notre tour viendra où nos enfants s'inquiéteront pour nous comme nous nous inquiétons pour nos parents. Cette ligne d'ombre, je l'ai sentie, là, au mariage de Laetitia Vaudant. Nous n'allions pas tarder à la franchir. Nous élèverait-elle? Nous précipiterait-elle? Ce serait pour bientôt et, empêtré dans mes obligations dérisoires, je n'étais pas prêt.

Conversation conjugale

MONSIEUR

Je me moque de l'argent. Je n'ai besoin de rien. Mais le peu que j'ai, quand il y en a, je ne supporte pas qu'on le f... en l'air.

MADAME

Tu remarqueras que, dans les dépenses que je fais, il n'y a jamais de folies. Tout est toujours ultra-pensé.

MONSIEUR

Je me verse cinquante-cinq mille francs sur treize mois. Et jamais de dividendes, alors que je pourrais! Mais non, pas un centimes. Cette année, tiens, je fais un bénéfice de un million de francs avant impôts, eh bien je réinvestirai tout dans la boîte. Tout. Sauf mes parts de golf, bien sûr. C'est mon seul luxe, le golf. Le reste, rien à f...!

MADAME

Ah! oui, mais écoute, j'aimerais bien emmener Nathalie dans des rallyes, pour qu'elle épouse quelqu'un de bien, comme Laetitia a fait.

MONSIEUR

Combien?

MADAME

Deux mille francs.

MONSIEUR

Deux mille francs la soirée pour lui faire rencontrer des connards, merci bien. Ma fille n'est pas une pute!

MADAME

Mais non, c'est pas du tout ça! Mais ce sont de belles soirées, avec robes longues, smokings, domestiques, et tout... Ah! André, tu n'es pas romantique! Tu n'as pas épousé la femme qu'il te fallait!

MONSIEUR

Deux mille francs! merde.

MADAME

Mais comment font les autres?

MONSIEUR

Eh bien les autres dépensent bien trop, voilà le drame. Regarde Vaudant.

Et Monsieur de sortir un papier, une calculatrice et de se plonger dans des comptes comparatifs, posant trois, retenant dix-huit virgule six pour cent, n'oubliant ni les frais, ni l'URSSAF, ni les cotisations. Madame, pendant ce temps, gratte, sur la nappe, un peu de cire coulée des bougeoirs. Qui m'invitera à danser tout à l'heure? André ne sait pas danser...

MONSIEUR

Ah! j'oubliais les charges, le RTOU, les douze pour cent pour l'AGOF et les taxes exceptionnelles. Eh bien, tout bien compté, il dépasse, c'est tout. Vaudant a un dépassement de sept mille KF. Il f... sa boîte en l'air parce qu'il dépense sept mille KF de trop. C'est tout. Terminé. Point à la ligne.

MADAME

Hum? Oui, c'est sûrement tout à fait vrai.

MONSIEUR

Et je compare avec moi. (Nouveau plongeon dans les calculs.) Les salaires d'Odette, de Patricia, de... et de..., sans oublier, etc.

Madame soupire un peu, fait coucou de la main à Laetitia et Jérôme, qui continuent le tour des tables et qui ne la voient pas. Elle a été gagnée, toute la journée, par ce luxe si simple, dont elle aimerait faire son ordinaire. Mais elle ne fait pas partie de la bonne société du Cours : Monsieur, qui est complexé dans le monde, ne veut ni sortir ni recevoir.

MONSIEUR

Voilà. Je peux dépenser deux millions de francs en salaires, et je n'en dépense qu'un, voilà de la bonne gestion. Tandis que Vaudant, c'est n'importe quoi! Voilà ce que c'est d'avoir une femme avec des goûts de milliardaire. Résultat : trois démissions ces trois derniers mois, il doit changer quatre-vingts pour cent de son personnel tous les deux ans, etc. Il court à la catastrophe. Heureusement que sa banque le soutient. Sans Dumain, plus de Vaudant. Ça ne serait pas une grande perte, remarque bien. Il est devenu très con. D'ailleurs, c'est bien simple, on ne se voit plus.

MADAME

On ne voit plus personne. Il y a une hostilité ouverte avec Régis?

MONSIEUR

Très bon, le champagne! A propos, et Guillaume, il travaille?

MADAME

Je le pense. Ce qu'il fait l'intéresse beaucoup. On ne devrait pas tarder à avoir un petit mot de lui, d'ailleurs. Il lit *Le Monde,* c'est tout ce que je sais. Il a vu à la télé qu'Alain Chevalier, pour préparer l'ENA, avait lu *Le Monde* de la première à la dernière page pendant des années. C'est peut-être une bonne filière, je ne sais pas. Je ne me rends pas bien compte de la façon dont il travaille. Je vois seulement comment Nathalie travaille, puisqu'elle travaille comme je travaillais lorsque j'avais son âge, hyperconcentrée, hyperconsciencieuse, tous les détails. Elle est comme toi, très têtue. Papa en est très content.

MONSIEUR

Ah! ton père, tiens. J'en parlais avec ton frère, tout à l'heure.

MADAME

Qui, Denis?

MONSIEUR

Oui, Denis. C'est vraiment effrayant! Cette lutte sourde, ce blocage qui s'est éternisé. C'est vraiment un échec cuisant entre le père et le fils.

MADAME

Est-ce que ça ne va pas devenir la même chose entre Guillaume et toi?

MONSIEUR

Pas du tout. Je n'ai rien imposé à Guillaume, moi. Ton père, si. Il a eu tort de pousser Denis à faire X. Denis voulait faire les Beaux-Arts, ton père aurait dû le laisser. Mais ton père ne justifie rien. Il dit oui, il dit non, mais il n'explique jamais. Alors, ton frère a mis un barrage définitif entre son père et lui. Moi, à la place de ton père, je serais désespéré. Eh bien non! Avec moi, c'est pareil. Aucune communication. Zéro. Il est charmant, mais c'est tout. Il n'y a aucun dialogue possible.

MADAME

A quarante ans, je ne suis pas libérée de papa et de son influence.

MONSIEUR

Ton père est un type très bien, mais il a un problème de communication. Il était contre notre mariage. Il voulait que tu épouses le fils d'un ambassadeur anglais ou suédois!

MADAME

Mais il ne s'est pas mêlé de nos affaires.

MONSIEUR

C'était pire, il a laissé faire. Et il y a eu une hostilité générale derrière mon dos. Sauf ton frère, ta tante qui est sentimentale. Ta mère était contre et ta grand-mère aussi. De toute façon, ta grand-mère détestait les hommes. Elle devait être lesbienne...

MADAME

Quand je revois mon père, je redeviens sa petite fille.

MONSIEUR

Touchant!

MADAME

Je redeviens sa petite fille, et c'est lui qui commande. Et ce sera toujours comme ça!

LV

« J'AI mes renseignements, me dit l'oncle Alfred, qui avait réussi, à force de soupirs, à me sortir de la tente où mon père continuait de pérorer. Venez aussi, Sylvie, cela vous concerne car vous courez tous les deux un grand danger. »

Ce qui avait l'air de l'amuser beaucoup. L'octogénaire un peu absent qu'il était devenu, et dont nous demandions des nouvelles à voix basse et un peu craintive, avait laissé place à l'homme féroce que j'avais connu dans mon enfance, et que j'aimais bien. Pendant ces vingt dernières années, pas un instant il ne m'avait parlé des affaires, mais je vis bien qu'il s'était tenu au courant de tout, et que ses informations étaient plus complètes que les miennes.

Tout était parti d'Hervé Vaudant. Pas mal, d'ailleurs, cet Hervé. Bon élément, meilleur que son père. A la fin de ses études, il était entré à la Vaudant, où il trouva une situation fort dégradée, ce qui le réjouit assez, lui donnant ainsi l'occasion de se retrousser les manches pour montrer de quoi il était capable.

Notons que ce trait est plutôt à son honneur. Ses diplômes auraient pu lui valoir une position installée dans une entreprise solide. De plus, il a réussi à entraîner avec lui quelques camarades de son école, ce qui n'était pas évident.

Régis râlait de l'arrivée de cette bande de jeunes fous,

qui poussaient des cris, contestaient tout et remettaient en question les ancestrales méthodes de travail, parlant aux ouvriers, négociant avec les syndicats et bousculant les vieux cadres. Mais tout cela, pensait-il, lui permettait de lâcher un peu de lest et de ne plus rien faire, ce qu'il finit par envisager d'un assez bon œil.

C'est pourquoi il n'écouta que d'une oreille distraite le rapport d'activités que lui fit son fils après une année de présence dans l'affaire. D'une oreille distraite? Voilà bien Régis Vaudant! Ce rapport aurait dû le faire bondir, au contraire, lui ôter le sommeil, lui faire perdre vingt kilos et ce qui lui restait de cheveux. Baisse d'activités, baisse des commandes, perte des plus anciens clients, naissance d'entreprises concurrentes plus actives et mieux armées pour remporter les marchés nouveaux, vieillissement du matériel, sureffectif, impossibilité de recruter du personnel de haut niveau, voilà où on en était. Bref, privée du concours sans conditions de la Dumain, non seulement la Vaudant déposait demain son bilan, mais il y avait fort à parier qu'elle se trouverait en liquidation de biens.

Hervé Vaudant avait un peu compté sur ce terme de liquidation de biens pour faire sursauter son père. Peine perdue, bien sûr : Régis n'avait jamais très bien fait la différence entre liquidation de biens et règlement judiciaire. D'ailleurs, il répondait toujours que, pour certains industriels, le dépôt de bilan était un mode de gestion. Il aimait beaucoup cette phrase, qu'il avait un jour entendue à la radio et n'était pas bien sûr de comprendre dans son entier, mais il s'était aperçu qu'elle clouait le bec à ses interlocuteurs.

Ce qu'elle fit.

Hervé Vaudant poursuivit néanmoins en expliquant que la situation de la Vaudant dépendait entièrement de la situation de la banque Dumain. Que ça allait tant qu'Olivier Dumain avait les mains libres. Mais que d'une part, la bonne marche de la banque était gravement gênée par la situation de la Vaudant. Et que, d'autre part, la conjoncture internationale n'était plus vraiment favorable aux banques indépendantes et privées. Il fallait donc se méfier. Dumain, tôt ou tard, n'aurait plus les mains libres, et cela entraînerait une prise de contrôle de la Vaudant, qui pourrait d'ailleurs tout aussi bien disparaître corps et biens de la carte.

« La suite, Olivier, tu la connais : la Vaudant dépose son bilan, tu la soutiens et le Tribunal de Commerce accorde le concordat. Mais aujourd'hui il y a la cabale de ces voyous, et nous sommes rudement coincés. Que comptes-tu faire, Olivier?

– Ma foi, mon oncle...

– Je vais te dire, moi, ce qu'il faut faire, la seule attitude convenable. Tu me pardonneras sûrement de te dicter ta conduite. C'est que cette affaire me brûle les sangs, vois-tu. Elle est intolérable! Tu as bien travaillé, Olivier, pendant ces vingt ans, poursuivit-il en se radoucissant. Oui, tu as bien travaillé. Je n'en avais pas l'air, mais je surveillais ça de près, vois-tu, cette banque, c'est tout pour moi, et tu as vraiment été à la hauteur. Alors, permets-moi de te dire ceci : ne te laisse pas faire, refuse, f...-leur le nez dans la m..., va jusqu'au bout.

– Mais, oncle Alfred, dit Sylvie, aller jusqu'au bout, c'est nous perdre. »

L'oncle Alfred éclata de rire :

« Ah! voilà bien les femmes! Je vous adore, Sylvie. C'est nous perdre, non. Mais c'est nous mettre en difficulté. Avons-nous le choix? Ne devons-nous pas choisir ce qu'il y a de plus difficile? Les temps ne sont plus pour nous ce qu'ils ont été. Alors soyons humbles et acceptons! L'honneur, le bon sens et l'intérêt général, comme disait le général, nous commandent de ne jamais accepter l'infamie pour nous sauver. Et cette cabale, c'est l'infamie. D'accord, mon petit? Bon, rentrons sous la tente écouter les sermons de Michel! Et Château Bougon, comme vous dites! »

La bande de médecins

Dans la tente voisine, secouée de rires, on s'interpellait, se tapait sur le ventre, se prenait par le cou, et faisait une si grande consommation de champagne qu'un serveur était obligé de transbahuter des caisses en permanence, ce qui lui donnait chaud, sous cette p... de perruque! C'était une bande de médecins. Ils se sont connus en faculté, ne se sont jamais perdus de vue, se voyant rarement, avec cette « vie de dingue ». (« Et tout ça pour quoi? pour payer des impôts! ») Heureusement qu'il y a les congrès des laboratoires pharmaceutiques! On met des petits chapeaux et on f... le souk au Club Med d'Agadir! On danse à poil sur les tables, on se déguise en chameaux, on achète des souvenirs pour décorer la salle d'attente, on fait les lits en portefeuille et on chante « La grosse bite à Dudule ». Bref, on se marre. Faut bien, parce que le reste du temps, c'est pas vraiment ça!

LVI

« ALORS, Dumain, avez-vous pris votre décision? » Albert Chasenin.

« Quelle décision?

– Eh bien, au sujet de notre affaire! de ce dont nous vous avons parlé cet après-midi.

– Ah! si vous croyez que j'ai eu seulement le loisir d'y songer... Nous verrons ça lundi.

– Non, ce soir. Nous voulons la réponse ce soir.

– C'est une menace? »

Il eut un petit rire.

« Bien sûr, c'est une menace, pour qui nous prenez-vous? Pensez-vous que nous allons sans cesse donner notre argent à une banque soutenant sans conditions une entreprise moribonde? »

C'est vrai, nous avions soutenu la Vaudant, répondant ainsi au souhait de tous, aux pressions des syndicats, des hommes politiques et de la Chambre de Commerce. Rivet avait, il y a quinze ans, fait une étude sur les aménagements qui permettraient à la Vaudant de se remettre sur pied. Étude que Régis feignit de ne pas comprendre. « Bah! tout a toujours marché comme ça, pourquoi changer? D'ailleurs, ce que tu me proposes me coûte très cher, tu vas encore t'en mettre plein les poches. »

Donc, nous ne fîmes rien. Et il n'y eut pas plus de miracles pour la Vaudant que pour toutes les autres entreprises. Bien entendu, elle perdit de plus en plus d'argent; nous la renflouions de plus en plus. Et Rivet, à ma demande, adaptait son étude à la nouvelle situation, de plus en plus malsaine. Bien entendu. « Je ne vois pas, monsieur le Directeur, comment ils vont s'en sortir. »

Cela, lorsque Régis est venu me voir, ce fameux soir, je n'eus pas le cœur de le lui rappeler. Pauvre vieux, je le voyais si désemparé. Mais lui m'en parla spontanément : « Tu avais raison, Olivier, je le reconnais. Mais, que veux-tu, c'est un peu leur faute à tous. »

Oui, il avait raison, c'est un peu leur faute, à tous. Tous ceux du Cours. Tous ceux de la ville. Ils prenaient Régis Vaudant pour un grand chef d'entreprise. Ils l'avaient élu à la Chambre de Commerce, et on parlait de lui pour une prochaine présidence. Voilà l'orgueil – ou plutôt l'imbécile vanité de cette ville, qui n'a toujours voulu compter que sur elle-même. Le Cours, toujours.

Gisèle palpite

Laetitia avait raison, Gisèle était transfigurée. Elle riait tout le temps, transportée, embrassant tout le monde, n'écoutant personne, volant de « ma chérie » en « ma chérie », trinquant avec ces messieurs, renversant la tête devant les photographes, s'éclipsant pour se repoudrer, frappant des mains, se tamponnant les yeux, s'éventant, riant toujours, ha! vous me ferez crever! Mais où est Régis? Appelant : « Régi-i-i-is! » Puis : « Bah! il vaque... Alors, colonel, vous disiez? Ah! non, c'est hallucinant, ha! ha! ha! Vous êtes si drôle, mon cher! ha! ha! ha! Mais je vais m'engager, moi, ha! ha! ha! C'est dit, colonel, je m'engage! ha! »

LVII

« Ce que je ne comprends pas, Olivier, ce qui me choque, ce que je n'admets pas, ce qui me fait penser que votre action a été nuisible, non seulement à la Vaudant, mais à nous tous, c'est que vous n'ayez pas été capable d'attirer auprès de Régis – qui est un incapable, j'en demeure d'accord, mais qui est un paresseux, ce qui est bien commode – des talents nouveaux, des types d'envergure qui auraient sorti cette affaire de l'ornière. »

Bouchet, maintenant! A peine échappé aux griffes et à la mauvaise haleine de Chasenin, je tombai sur Bouchet au détour d'un buffet, où il se gavait de saumon.

Bouchet n'avait pas tort. Mais il faut reconnaître à Régis ceci : il a vraiment cherché à s'en sortir. Il s'est rendu compte – trop tard, mais il s'en est rendu compte – que, non, décidément, il n'y arriverait pas, ou pas tout seul. Et il a cherché, à l'extérieur, du sang neuf pour les vieilles artères de la Vaudant.

Ce fut pendant quelques années la valse des superdiplômés, qui s'étaient fait les dents ailleurs et qui s'excitaient à l'idée de venir dans cette vieille province satisfaite d'elle-même rendre à la vie cette archaïque entreprise qui avait, Dieu sait, j'en pleurerais! de très beaux restes.

C'était compter sans le Cours, sans cette haute société locale, fermée comme une huître, et qui repoussait sans relâche ces gens qui n'appartenaient pas au même monde.

C'était compter aussi sans les collaborateurs de l'entreprise, qui avaient les mêmes rejets. C'était compter enfin sans la morgue de la plupart de ces superdiplômés, qui trouvaient bien généreux de leur part d'essayer leur géniale cervelle sur un aussi piètre sujet quand de glorieux destins les attendaient ailleurs. Et, poussés par les épouses humiliées, ils partaient.

Les greffes ne prenaient pas.

Tout cela, je tentai bien de l'expliquer à Bouchet. Mais il ne m'écoutait pas, tout occupé à remplir ses assiettes.

« Alors, Olivier, que comptez-vous faire, en définitive?

– Reprendre un peu de poulet », fis-je en tournant les talons.

Une femme se rapproche

« Eh bien, Olivier, il me semble que vous me négligez beaucoup, aujourd'hui. Oh! il n'y a pas qu'aujourd'hui, d'ailleurs. On dirait que je ne compte plus pour vous. Ai-je jamais compté? Les hommes, décidément, m'auront fait beaucoup souffrir. Il n'y a plus que leurs affaires qui ont de l'importance. Leurs affaires! Comme si on ne pouvait pas vous y donner un coup de main... Vous avez des soucis, non? Je suis au courant, figurez-vous, Alain me raconte tout : aucun secret pour moi. Alors, si vous avez besoin d'un secours, appelez-moi. Je serai toujours là pour vous. Vous avez toujours ma ligne directe? »

LVIII

Toute la difficulté pour moi, pendant cette période, a été de ne pas susciter de vocations : la Vaudant suffisait à notre gloire. Mais, malgré les efforts que nous faisions, discrétion pour les échecs, coups de clairon pour les succès, les difficultés de la Vaudant, notre soutien sans relâche, pratiquement sans conditions, tout s'était ébruité, nous valant de vives critiques de nos partenaires financiers. C'est que la situation, pour nous aussi, avait changé. Il avait bien fallu nous adapter aux nouvelles données du marché qui, de national à la création de la banque, était devenu mondial. Et, pour rester dans le coup, j'avais dû m'entourer de représentants d'autres compagnies, avec lesquelles je m'étais associé, à qui, en clair, j'avais demandé de l'argent ou des cautions, mais ces partenaires-là n'étaient pas aussi désintéressés à mon égard que je l'étais moi-même à l'égard de la Vaudant; et j'étais en butte à des critiques de plus en plus vives, de plus en plus directes.

Jusqu'à présent, j'avais tenu le choc et éprouvé du plaisir à faire échouer les intrigues, à éventer les complots; par ailleurs, les combinaisons d'intérêts entre la banque Dumain et la Vaudant avaient été bien faites, semblaient assez inextricables pour décourager les menées extérieures, et ce d'autant plus que nous avions impliqué dans nos combines la plupart des hommes politiques en place. Il résultait de tout ceci une situation très commode pour Régis, dont la société ne pouvait tomber sans entraîner beaucoup de monde dans sa chute. Mais ce monde-là, c'était les potentats du coin, dont mes partenaires internationaux n'avaient, dans le meilleur des cas, rien à faire. Donc, la situation, pour solide qu'elle pût paraître, n'était pas sans péril.

Malgré toutes ces choses, que je ne pouvais m'empêcher de ressasser, le dîner était assez gai, grâce, surtout, à mon père, qui se moquait gentiment de la munificence du banquet : « Mais c'est le Camp du Drap d'Or! Quelle richesse, hein, Olivier! » Et de me glisser un regard en coin. Cette farce l'amusait.

Au dessert, je tombai sur Odelin. Ce défilé ne cesserait donc jamais! Odelin, qui me blâma, une fois de plus, de mon acharné et ridicule soutien à la Vaudant.

« Comprenez bien que nous connaissons assez les règles élémentaires de gestion et le marché pour nous être rendu compte que depuis longtemps la Vaudant n'est plus viable. Et comprenez que nous l'ayons mauvaise. Car nous, nous nous échinons, sous peine de mort (« Sous pine de Maure », disait Fiducier) à bien gérer notre affaire. Comment ne pas voir d'un sale œil une Vaudant maintenue en survie artificielle par le bon vouloir d'un banquier qui, dans le même temps, faisait les conditions moins avantageuses à des clients plus méritants. En somme, c'est nous qui payons la Vaudant. Eh bien, Dumain, nous n'en sommes plus d'accord! »

Il avait raison, la Vaudant n'était pas la seule entreprise de la région. D'autres étaient nées depuis la guerre, marchaient bien, avaient une bonne image de marque et faisaient vivre la région. On le voyait à l'embauche. La Vaudant avait de plus en plus de mal à recruter – Régis s'en plaignait : « Les jeunes ne veulent plus rien foutre, qu'est-ce que tu peux contre ça? » mais les autres recrutaient sans problème.

« Alors, Olivier, que comptez-vous faire?

– Je ne sais pas, Raymond, je ne sais pas. »

Florence humiliée

Les conciliabules menés pendant tout l'apéritif – et auxquels Laetitia s'était mêlée, où allait-on? – avaient contenté tout le monde : Florence fut placée entre Bertrand Caudet et Richard de Lescop. « Parfait, ma vieille, avait commenté Sophie Noulois, c'est toi qui mèneras la danse. »

Le début du dîner fut assez lourd. Richard de Lescop ne montra que mépris pour Florence Dumain, fille de cet ennemi de la poésie, qui l'avait dérangé pendant la messe avec ses bavardages, lui qui se laissait gagner par une ambiance propice à la composition de l'« Ode à Laetitia », dont il avait eu l'idée; Bertrand, pour sa part, était assez floué par Lescop, qui l'impressionnait beaucoup par sa facilité à écrire et son amitié avec Jean Cayrol, l'initiateur d'un journalisme en vers, et qui avait salué le saut de la Légion française sur Kolwesi par ce cri : « Les paras sont dans les parages et les paradors », qui renversait le jeune homme. Ils se mirent donc, sans aucun soin pour Florence, qui en faisait des yeux ronds, à se parler de leurs admirations. Bertrand Caudet, pensant éblouir Florence, citait des vers, des bons mots, des références; Lescop ricanait un peu, réfutait, n'était pas d'accord. Et Florence s'ennuyait.

« Tu t'ennuies, Florence? » fit Richard.

La jeune fille sourit.

« Non, non!
– Si, tu t'ennuies.
– Bon. Un peu. »

Silence. Mon Dieu! et si j'avais fait une gaffe...

« C'est que, poursuivit-elle, je ne connais pas tellement les gens dont vous parlez, alors, bien sûr...
– Je te prêterai des livres, si tu veux. »

C'était Bertrand. Il se lançait.

« Bof, moi, les livres... »

Richard de Lescop ricana.

« Il paraît que tu sais de si jolies chansons. »

Florence rougit. Ça y était, on allait encore lui reprocher son passé chez les Guides. Elle n'en sortirait jamais!

« Tu devrais nous chanter quelque chose de mignon. Tu n'as pas ta guitare? »

Florence en avait les larmes aux yeux.

« C'est joli, la guitare, surtout au coin d'un feu de bois, hein, Bertrand? »

Florence regarda Bertrand, l'implorant un peu. Qu'ils arrêtent tout ça, merde! Le désarroi de la jeune fille n'échappa pas à Bertrand Caudet, qui, pour être gentil, lâcha :

« Oui, c'est vrai, c'est joli!
– Puis après, Cheftaine Baloo, on fera un jeu de piste, ha! ha! ha! Allez, tu viens, Bertrand, on change de table! »

LIX

C'ÉTAIT vrai. Au moment où me parlait Odelin, ma décision n'était pas encore arrêtée. Le choix que j'avais à faire n'était, à vrai dire, pas aussi évident que me le répétaient les conspirateurs, Fiducier, l'oncle Alfred ou même Sylvie. On peut tout combiner, dans la finance, et il me restait des armes que personne ne connaissait, Rivet mis à part. Ce Rivet! ce lapin! je pensai à lui de plus en plus au fil de la soirée. Il n'avait pas été net, et sa confusion de me rencontrer ce matin n'était certainement pas uniquement due à cette revue que je l'avais surpris à feuilleter. Il avait dû être au courant de cette cabale bien avant aujourd'hui, et je tirerais l'affaire au clair. Il me le paierait, en un mot.

Ma décision, je l'ai prise à la suite d'un colloque improvisé par Hervé Vaudant auprès d'un bosquet où un trio jouait « Night and Day ». Tous les voyous étaient là, à me presser, à me faire rendre gorge, multipliant menaces et reproches. Dans le rôle du sage, Bernard Dulong qui, comme je restais muet, ce qui lui semblait de mauvais augure, m'exhortait à la raison, allons! Dumain! ralliez-vous! vous voyez bien que ces jeunes gens sont à bout! C'est très mauvais, tout ça! Que va-t-on penser de nous? de cette ville?

Tous, donc, autour de moi, menant grand tapage, assez rouges, surexcités, sautillants, prêts à se battre, me poussant, révélant enfin leur vraie nature, j'en avais vraiment ma claque et levai les mains.

« Ma réponse, messieurs, vous voulez vraiment ma réponse? Maintenant?

– Oui! hurlèrent-ils.

– Eh bien, ma réponse, la voici. »

Et, dans le silence de la nuit, le trio même s'étant tu, je pétai bruyamment.

« La voilà, ma réponse. »

Pour un beau pet, ce fut un beau pet, et qui changea la face des choses, comme il aurait dû arriver plus souvent. C'est qu'un pet fleurissant à point détend l'atmosphère et ramène à hauteur d'homme les moments sublimes de l'existence. Eussent, par exemple, été bien inspirés de péter Charles Ier d'Angleterre, Louis XVI de France et Nicolas II de Russie lors de leur exécution, Roland à Roncevaux, Jeanne d'Arc sur son bûcher, le Christ en croix, tous les papes, empereurs, reines et rois lors de leur couronnement, Napoléon à Austerlitz, les triomphateurs romains, Marat lors de la visite de Charlotte Corday, Socrate buvant la ciguë, André Maurois entrant à l'Académie française, saint Paul à Damas, l'empereur Henri IV à Canossa, Catilina lorsque Cicéron lui chercha des poux dans la tête ou Neil Armstrong posant le pied sur la lune : le premier pet de l'homme sur la lune. Nul doute que l'histoire du monde eût été changée si ces gens-là avaient eu l'esprit de péter précisément à ces moments-là. On aurait bien vu que, allons, ils n'étaient pas si dangereux que cela; on se serait aperçu que ces instants d'extase que l'on pensait vivre n'étaient pas si exceptionnels et pouvaient se renouveler. Un héros pétant n'est plus un héros, mais un homme comme tout le monde, que le dernier venu peut tenter d'imiter. Ralliez-vous à mon pet!

Pourtant, le pet que je fis à ce moment-là ne rallia

personne à ma cause, si j'en juge, du moins, par l'affolement qui s'ensuivit. C'est que je n'avais pas affaire à des connaisseurs. Mon pet était pourtant de qualité.

La qualité d'un pet se mesure à plusieurs critères. D'abord, la consistance. Mon pet n'était pas ce pet gras, huileux, suintant, marque des esprits bien affirmés, mais un peu vulgaires; ce genre de pet à trouer les pantalons, à creuser les coussins. Ni ce pet évanescent, qui monte tel un encens le long de la colonne vertébrale et s'épanouit jusqu'aux omoplates : le genre de pet qui convient aux esprits rêveurs, un pet de dames aux grands yeux clairs qui n'ont jamais menti, un pet de pianistes et de brodeuses. Non, c'était un pet subtil.

Ensuite, la chaleur. Mon pet n'était pas le pet cuisant, qui embrase les fesses et fait se tortiller sur son siège; ou le pet tiède qui relâche les muscles, apaise l'esprit et appelle la sieste; ou encore le pet glacé, marque de colère, qui fait se redresser et serrer les poings.

Vient ensuite la longueur. Mon pet n'était pas de ces petits pets brefs comme des points d'exclamation, les sourcils dressés, les dents serrées; ni un de ces pets longs comme un abandon, pets de sofas, de boudoirs, de déshabillés entrouverts; encore moins un de ces pets à répétition, qui n'expriment pas leur pensée d'un seul coup, qui parfois hésitent, bégaient, en rajoutent, changent de ton, martèlent; ni un de ces pets timides, qu'il faut aller chercher jusqu'au fond des entrailles et pousser à s'exprimer; ni un de ces pets incompressibles, qui s'imposent à toute force et font sursauter; ni un de ces pets qu'on voit venir de loin.

Un pet se juge aussi par son bruit. Mon pet ne fut pas de ces pets pétaradants, épanouis, proclamant sans honte leur droit à l'existence; ni de ces pets feutrés, qui ne veulent pas déranger, qui prennent les patins, ne font que passer et demandent qu'on fasse comme s'ils n'étaient pas là; ni de ces pets tonnant, sommant qu'on s'intéresse à eux et laissent tout ébaubi; ni de ces pets qui glissent, frôlent et caressent dans un long sifflement; ni de ces pets ahanants, lamentables, rampants, qui se traînent et gémissent. Non, mon pet fut sonore, grondant, effrayant, de ces pets qui en disent long en laissant entendre qu'il ne tiendrait qu'à eux d'en dire bien davantage. Mon pet fut presque parfait.

Presque parfait, car son odeur se perdit. Pourtant, le meilleur du pet est dans son parfum. C'est par son parfum qu'il se révèle, c'est par son parfum qu'il s'impose à la vie. On peut, dans les circonstances graves, réprimer le bruit d'un pet : il suffit de serrer les fesses, ce qui est fortement déconseillé car on imagine bien que le gaz cherchera de toute façon à sortir et remontera le long des boyaux jusqu'à la bouche, où il se transformera en rot sonore, puant et sale jusqu'à en noircir les dents. Mais on ne peut retenir son parfum.

Le parfum d'un pet est généralement d'une suavité capiteuse. Il entête, il assomme, il asphyxie. Puis il se disperse, se dilue, se répand, disparaît. La vie d'un pet est assez furtive et tragique pour qu'on en ait pitié, pour qu'on ne cherche pas à l'étouffer. Qu'ils soient hoquets, haleines, souffles ou soupirs, respectons nos pets, car ils sont une émanation de nous-mêmes, un signal de notre organisme, un plaisir qui fait frissonner et qui nous renseigne.

C'est que les pets, c'est un peu comme les enfants : on supporte les siens, et jamais ceux des autres. On fait même mieux que les supporter : on les aime, on est fasciné par eux. On les hume, narines grandes ouvertes, cherchant à ne rien perdre de leur message. Car, au fond, les pets sont, avec les rots – mais laissons cela –, les seuls messages spirituels de notre corps. Peut-être est-ce même un peu de notre âme qui s'en va à chaque fois. Nos pets ne sont pas perdus, notre ange gardien les recueille pour en faire un grand bouquet qu'il offre au Seigneur. Et c'est ainsi que se forme notre âme. Nos pets, ne l'oublions jamais, sont ce que nous avons de meilleur. Voilà pourquoi il est malséant et choquant de vouloir les dissimuler à l'époux. Vouloir cacher ses pets est pire encore que vouloir cacher ses pensées. Vouloir cacher ses pets, c'est mentir, c'est trahir. Et, si c'est à la personne avec laquelle on fait l'amour, c'est pis encore : c'est inutile et c'est idiot. Car c'est en baisant qu'on pète le mieux.

« Holà, Dumain, hurla Hervé Vaudant, vous vous moquez de nous, avec vos histoires, vous avez bu! Vous avez perdu la tête!

– La tête, peut-être, mais pas l'esprit, voyez! »

Et je recommençai.

« Vous vouliez une réponse, messieurs, vous l'avez eue. Pour l'heure, excusez-moi, le bal commence! »

Isabelle très entourée

La table d'à côté, que rejoignirent Richard de Lescop et Bertrand Caudet, allez! poussez-vous! riait beaucoup. Bertrand suivit à contrecœur, mais se disait qu'après tout, il n'était pas mauvais de montrer un peu d'indifférence à Florence, qui avait repoussé ses avances. Pourtant, comme il aurait voulu lui prêter ses livres. Surtout qu'il en avait un dédicacé par Éric Neuhoff, ce qui posait son homme, faisait play-boy.

« Jamais, disait Isabelle. Jamais, je vous le jure!

– Quoi, fit Richard de Lescop, de quoi parlez-vous? »

Matthieu Brochard en riait aux larmes.

« C'est Isabelle! Elle prétend qu'elle n'a jamais pété de sa vie.

– Jamais, c'est vrai! »

LX

Régis Vaudant ouvrit donc le bal avec Laetitia, suivis de Jérôme et de sa mère. Ce fut assez touchant et très ridicule.

Régis. Un peu lourd. Aucune grâce. Mais voulant en remontrer. Il a été bien éduqué. Il a suivi des cours de danse avec des répétiteurs allemands. Lorsque nous avions dix ans, nous nous moquions de Régis Vaudant parce qu'il prenait des leçons de danse. Nous l'appelions « Régine », ce qui est assez fin. Il avait, Dieu merci pour lui, la présence d'esprit de s'en moquer. Il dansait, nous piquait toutes nos fiancées, pendant les boums, car son répertoire était varié et il faisait merveille dans toutes les disciplines, ce qui lui valait des succès auprès de toutes sortes de dames. Nous, nous restions au bord de la piste, à ricaner; Régis, très sollicité, ensorcelait, tourbillonnait. Nous nous consolions en nous répétant que, si nous ne savions pas danser, nous avions au moins de l'esprit. C'était faux, bien sûr. Nous ne savions pas encore faire rire les filles. Nous ne savions pas danser : nous jouions au football.

Les années passèrent. Régis dansait toujours. Mais nous avions appris peu à peu, à force de prendre des claques et de pleurer un peu, à faire rire les filles. Et Régis dansait toujours, avec sa bonne tête ronde et ses lunettes, sérieux comme son répétiteur, qui l'accompagnait à toutes les soirées, sautillait sur le bord de la piste comme le coatch d'un boxeur, et indiquait à son élève, gestes à l'appui, la main! plus haut le pied, vas-y, renverse-la, et toi, la fille, sois moins raide, laisse-toi aller, abandonne-toi à la musique, abandonne-toi à ton danseur!

La jeune fille s'avachissait d'un seul coup, se laissant porter, et Régis, ne s'attendant pas à ça, la laissait tomber, la fille par terre, et nous, au bar, crevés de rire... Le répétiteur pénétrait sur la piste, poussant tout le monde, regardant la fille dans les yeux, « Je vais vous montrer », enlaçant Régis, qui en faisait les yeux assez ronds, mais se laissait aller, se laissait conduire.

Jérôme faisait tourner sa mère

Jérôme et sa mère tournaient aussi, mais plus lourdement. Jérôme, que tout cela embêtait visiblement, serrait les dents, levait les yeux au ciel, pressant sa mère, assez rouge, contre lui, et tournant sur place à contretemps. Sa mère, toute petite, ses pieds touchant à peine terre, et son jupon dépassant de sa robe, semblait vraiment émue. Elle dansait avec son fils pour la première fois. Pour la dernière fois aussi.

LXI

On les laissa danser un temps, deux temps, trois temps, puis le père de Jérôme entraîna la mère de Laetitia. Puis j'entraînai Sylvie, très légère, très souriante, et nous voici à tourner. Et je vis que Frédéric, très lourdement, entraînait Isabelle, et que Florence restait sur le bord de la piste. Et bientôt trouva un cavalier qui la fit fort rougir. Et la voilà, elle aussi, à tournoyer avec nous tous. Nous nous rapprochions, nous nous cognions, nous nous éloignions. Et tout cela était léger. Et nous étions tous dans le bal, Sylvie et moi, Isabelle et Frédéric, et Florence, radieuse, dans les bras de son gommeux. Nous étions tous dans le bal et je fus, un instant, heureux.

Nous dansions comme de braves gens, braves gens que nous étions. Et puis on nous regardait, je le vis bien, je le sentis, un moment, je sentis la caresse ou la morsure de ces regards, et tous m'agacèrent, les mordants comme les caressants, tous me furent insupportables. Ce moment de grâce, où je m'abandonnai à la danse, Sylvie dans les bras, nos enfants, un peu gauches, mais charmants, à nos côtés, ce moment ne dura pas. Car nous tournions, je sentais le frôlement de la robe de Sylvie contre mes jambes, sa main chaude, largement étalée, doigts en éventail, dans mon dos, ses cheveux qui volaient et son parfum si chaud, et ses lèvres couleur cerise. Quel bonheur!

Les médecins se trémoussent

Au début, ils avaient dit à leurs copains : « On va attendre que ça se décoince. » Et puis la bonne Renée se sentit des fourmis dans les jambes, « allez, toi, fais danser ta régule! » Et de se retourner pour juger de l'effet. Tout le monde s'esclaffa, naturellement, cette Renée, tout de même, quelle santé! elle ne change pas! A quoi quelques esprits chagrins répondirent qu'elle ne changeait pas non plus de robe! « Eh bien quoi! avait répondu Renée à sa meilleure amie qui, avec une tonne de précautions, lui avait rapporté la remarque (" La remarque, hein! pas la critique! "), eh bien quoi! c'est tout de même pas ma faute si j'ai jamais changé de tour de taille depuis que j'ai vingt ans! Qu'est-ce que c'est que ces poules qui veulent changer de robe à chaque fête? Est-ce que ton mari change de complet? Non! Du moment que je change de culotte et que je montre pas mes fesses, hein! Oh! remarque, j'devrais pas dire ça, tu t'souviens, au Club Med, pendant le congrès Pharmagyp? Qu'est-ce qu'on s'était poilés! »

Et voici, sur la piste, la bonne Renée et son mari Guy. Lui, très digne, un peu raide. Elle roulant dans ses bras, menant la danse, poussant d'un coup de fesses d'autres couples « pour les réveiller », et s'étouffant de rire, lançant des regards à « la bande », restée sur le bord de la piste, apostrophant les jeunes, « allez! les jeunes, venez danser! ». Sourires un peu dédaigneux de la jeunesse, mais qu'elle prend pour de la timidité. « Les jeunes ne savent plus s'amuser, hein, Guy? – Quoi? » Guy n'entend rien, la musique est trop forte. « Rien, et la la la », elle chante.

Non loin d'eux, Chasenin et sa femme, Martine. Martine la sacrifiée. Mais elle est là, toujours. Elle danse en rêvant à autre chose, à d'autres bras, sans sourire, avec un sourire lointain, un regard d'aveugle. De fait, elle ne voit rien. Elle ne voit pas, dans les regards des autres, comme elle est belle et comme on l'aime, et comme on la plaint. Lui, bronzé et dents blanches, plus prof de gym que jamais. Tellement satisfait. Tellement sûr d'attirer les regards qu'il les attire, en effet. Un homme heureux, même si c'est d'un bonheur vulgaire, d'un bonheur malsain, est toujours fort et simple, donc toujours attirant.

LXII

MON pet avait fait, si j'ose le dire, beaucoup de bruit. Aux murmures qui me parvenaient, du bord de la piste, aux visages que je sentais sur moi, je vis bien que j'avais fait l'événement et qu'on ne parlait que de mon audace. Avaient-ils donc besoin, ces imbéciles, d'aller colporter cette affaire, qui ne pouvait que les ridiculiser et m'affirmer dans mon attitude?

La soirée durant, je n'entendis parler que de ce pet. « Bravo, Dumain, voilà ce qu'il fallait faire. Ah! ha! ces salauds, on les aura. Ils ne l'emporteront pas sur le parvis [1]. Allez! » « C'est peut-être grossier, Olivier, mais c'est bien vu. Tu as du cran, mon petit, continue. » « Pas de vagues, cher ami, pas de vagues, c'est tout ce que je vous demande. » « Eh bien, mon cher, vous avez de la repartie, je vois. Voilà où se situe votre esprit. Ça venait du cœur, sans doute. » « Je parie que le plus gêné, ç'a été toi! » « Ça alors, papa, t'as du culot! » « Aux armes, on répond par les armes. » « Je savais bien que tu étais un salaud, hein? C'est ce qui m'a toujours séduite chez toi. » « Vous êtes fort, décidément, Dumain, TRÈS fort. » « Je me demande comment vous justifierez ça à votre conseil d'administration. Mais vous avez peut-être des arguments en réserve. Il faudra aérer, c'est tout. » « Moi, ça ne m'aurait pas gêné, Dumain, car je n'ai jamais pu

1. « Ils ne l'emporteront pas au paradis », on aura reconnu Fiducier.

vous sentir, ha! ha! ha! » « Bravo, vieux, au moins, tu mets de l'ambiance, qu'est-ce qu'on s'emmerde, ici, hein, Guy! » « Vous êtes malade ou quoi? Un fou rire pendant les félicitations, une grossièreté, et vous pétez. C'est comme ça que vous dirigez votre banque? » « Alors vous, monsieur Olivier, vous êtes un homme. Tenez, je vous embrasse », et mille autres réactions. J'aurais dû ouvrir un livre d'or.

« Allez, le héros, viens danser! »

C'était Isabelle.

« Mais je ne sais pas danser ça, moi!

– Mais si, tu verras.

– Où est ta mère?

– Elle console Florence. Chagrin d'amour. Allez, viens! »

Le petit docteur Robert

Le petit docteur Robert qui transpirait déjà, ne tarderait pas à « tomber la veste », les lunettes en bout de nez, le nez entre les seins de la vigoureuse Mme Robert, qui le portait presque, et l'on voyait, au bas du pantalon, gigoter les mollets grêles du médecin. Et la vigoureuse Mme Robert dansait fort distraitement, gardant l'œil fixe, un air de surveillante générale, passant la revue, dents serrées, broyant contre son torse puissant son tremblotant mari, qui finit la danse un peu chancelant, lunettes tordues, col ouvert, en proche état d'apoplexie.

LXIII

« Mais, ma chérie, ce n'est pas une question d'âge, voyons. C'est une question de nature. Il y a des natures amoureuses et d'autres qui ne le sont pas. Il y a des cœurs d'artichaut et des cœurs plus secs. Et d'autres qu'un seul vent, un seul, peut faire vibrer. La seule vérité qui vaille pour toi, Florence, c'est la tienne. Et, vraiment, je ne peux rien faire pour t'aider. Et, surtout, je ne veux rien faire, car je sais bien que toute influence extérieure est mauvaise, très néfaste.

– Mais toi, maman?

– Oh! moi, à ton âge, puisque c'est une question d'âge qui te préoccupe, j'étais à peu près comme toi. Plus proche de ta nature que de celle d'Isabelle. Et Martine, qui m'eng... tout le temps, me répétait que la vie d'une femme est aussi courte que la carrière d'un athlète de haut niveau, et qu'il fallait y aller, y aller, y aller. " Y aller? Mais où? – Aux hommes, idiote! " Tu vois le résultat, pauvre Martine! Moi, j'allais faire du vélo et je me moquais bien des hommes. Ma grand-mère répétait que j'étais de ces roses qu'un seul vent fait trembler, ce qui m'énervait profondément. Elle avait raison. Seul ton père m'a fait trembler. Et si je lui suis restée fidèle, si je suis la seule femme du Cours à n'avoir pris aucun amant – enfin! rien de sérieux –, c'est que, même aujourd'hui, il est le seul qui me fasse trembler.

– Oui, mais moi?

– Toi, tu es en train de nous faire un caprice. Tu sens ta sœur amoureuse et tu t'inquiètes parce que tu ne l'es pas, et que tu ne l'as jamais été. Mais permets-moi de te dire que ce n'est pas en ayant passé toutes ces années avec tes scouts, ta guitare, tes pèlerinages et tout le tremblement que tu aurais pu rencontrer un homme.

– Si, parce que... »

Elle faillit parler du beau Philippe.

« Oui, tu as rencontré des garçons. Les garçons n'ont aucun intérêt. Il faut les materner, leur passer les cours, leur apprendre à s'habiller, à vous déshabiller, à se laver, souvent à parler. Il faut les enlever à leur mère et à leurs copains. Les mères, c'est terrible. Elles vous prennent pour des traînées, des Marie-couche-toi-là, des actrices qui vont claquer l'argent de poche de leur fils. Et pendant que vous finissez l'éducation du grand niais, que vous lui apprenez l'insouciance, que le monde ne tourne pas uniquement autour de lui, et que le but de l'existence n'est pas d'intégrer X ou Centrale, mais de faire des choses amusantes sans rien demander à personne ni, surtout, en référer à quiconque; pendant donc, que vous pratiquez cette tâche essentielle pour laquelle cette mère trop aimante, c'est-à-dire mal baisée, devrait vous bénir, que fait-elle, la garce? Elle chuchote derrière votre dos, avec Monsieur, qui s'en moque, et prend des renseignements sur votre famille.

« Il y a des mères pires que ça, ma petite Florence, je ne voudrais pas t'effrayer, mais il est bon que tu saches toutes ces choses; ne serait-ce que pour mieux les utiliser à ton profit. Il y a des mères fières. Fières de leur fils – elles le sont toutes, d'accord. Fières que leur fils se comporte en homme et sorte une jeune fille qui, forcément, est transie d'amour devant leur rejeton. Elles sont ainsi. Jamais étonnées que vous soyez amoureuse de leur fils, mais toujours que les autres filles ne le soient pas.

Et pour un peu, elles vous en voudraient, quand la liaison dure un peu : il faudrait songer à laisser la place, ma petite.

« Il y a aussi les mères douloureuses qui, certes, s'inclinent devant le cours des choses et savent bien que le jour est venu pour elles de céder leur place; qui l'acceptent, mais se tordent les mains dans leur tablier, vous donnent des recettes de cuisine (" Rose, le gigot, surtout, il l'aime comme ça, rose. " Comme si vous aviez les moyens de lui faire du gigot d'agneau) et des consignes de repassage. Pour un peu, elles vous apprendraient à lui faire l'amour!

« Et puis les mères soulagées, ouf! le voilà casé. Et qui vous parlent mariage sans attendre la fin de l'entrée, le premier jour où il vous entraîne à dîner.

« Les plus amusantes, les seules supportables, ma chérie, ce sont les mères solaires. Qui ont une véritable complicité. Qui vous parlent de leur fils comme si c'était votre frère. Parce qu'elles en ont fait le tour et qu'elles savent tout de lui – et bien plus qu'il ne l'imagine – mais que ça les amuse de les voir avec une fille, de les voir sous un jour nouveau, et qu'elles veulent en savoir plus. Mais, comme ça, comment dire? sans plus. »

Florence redoubla de sanglots, et Sylvie était heureuse et agacée, tout à la fois, de se retrouver dans sa fille, telle qu'elle était, elle, Sylvie, à son âge. Heureuse et agacée, oui. Car ces difficultés, que ne voyait pas Isabelle (mais qu'elle soit tranquille, elle en verrait d'autres), ces difficultés auxquelles se heurtait Florence, elle les avait connues, elle, Sylvie, et savait bien, maintenant, comme tout cela n'est rien, et comme il est indispensable de s'y confronter pour mieux vivre et se débarrasser de ces problèmes qui n'en sont pas. Florence survivrait, de toute façon. Mais il y a des manières de survivre qui sont pires encore que la mort. Florence survivrait, en effet. Mais elle devrait en même temps vivre et s'épanouir. Et accrocher un homme. Et elle ne pourrait accrocher un homme qu'en étant vivante et épanouie. Mais cela, Sylvie ne pouvait pas lui dire. Ou plutôt, ne pouvait que lui dire. Et c'était à Florence de faire le reste. Mais hélas! elle n'en prenait pas le chemin, cette Florence qui avait peur de la vie, cette Florence qui, très certainement, c'était aveuglant de clarté, s'était réfugiée derrière tout ça, les scouts, les pèlerinages, les actions de quartier, le Très Saint Père et les sorties entre filles, parce qu'elle avait besoin d'une vie douillette. Une vie de serre. Et non une vie au grand air. Bref, la pire des choses. Avec ça, qui trouverait-elle? Un de ces rats de pèlerinage, qui la poursuivaient, un de ces hommes au sang maigre, à la chair molle, à la peau blanchâtre, verdâtre, qui ne font pas rire ni trembler les femmes, de ces individus aux jambes grêles qui, sur les plages, font penser à de vieux Anglais.

« Non, Florence, les hommes ne sont pas compliqués. Et les hommes ne sont pas rudes. Certes, il y a bien quelques diables parmi eux, mais il y a peu de risques – ou peu de chances – que tu en rencontres jamais. En vérité, les hommes sont faibles, et c'est parce qu'ils sont faibles et qu'ils le sentent qu'ils se protègent tant qu'ils font diversion, ou qu'ils sont tellement entourés. Mais je te parle déjà des hommes alors qu'on en était aux garçons. Et les garçons, non seulement, ont des mères, mais ils ont des copains. Or, les copains, c'est presque pire, tu devras t'y attendre et choisir. Choisir de vivre avec eux ou contre eux. Vivre avec eux, c'est devenir la fille de la bande. Si tu es la première, tu en seras la reine, car ton amoureux sera jalousé et tu seras courtisée. Pas pour toi, mais contre lui. Et pour eux, vexés, et qui se disent que, merde! ils peuvent plaire aussi, il n'y a pas de raison. Il te faudra supporter les soirées en pizzérias, les parties de billard, les matchs de football, les plaisanteries un peu grasses. Les garçons aiment vivre en bande. Ça commence autour d'un billard, ça finit au Rotary ou à l'Académie française. Mais si tu choisis de vivre contre eux, alors il te faudra être forte, très forte, la plus forte. La phrase " C'est eux ou moi! " tu ne devras jamais la prononcer. Entre eux et toi, ils s'arrangeront toujours pour ne pas choisir. Et, entre nous, ils n'auront pas tout à fait tort. Alors, arrange-toi pour ne pas en arriver là. Arrange-toi pour qu'ils n'aient pas l'impression de choisir, de se gratter la tête, de te sacrifier quelque chose. C'est assez simple, dans le fond : il te suffit de choisir pour eux. D'avoir les idées fortes et claires. Et tout pliera devant toi. Eux les premiers, bien sûr.

« De toute façon, tu souffriras. De toute façon, tu feras des erreurs, tu prendras des coups. C'est le prix à payer pour les grandes jouissances, pour les futures extases, pour les vertiges. Qui, dans ce domaine, cherche le confort et la tiédeur ne rencontrera que l'ennui des sentiments rancis, l'écœurante douceur des cœurs mal aérés, des chambres fermées. Faire battre le cœur des garçons, c'est notre rôle et notre avantage. Mais arrange-toi, Florence, pour que ton cœur ne batte que pour les hommes. Il faut tomber pour des hommes que d'autres femmes ont terminés, que d'autres femmes ont achevés, que d'autres femmes ont bien léchés, au propre comme au figuré.

– Maman!

– Oui, Florence, au propre comme au figuré. " Finir " un homme, ça prend du temps. Laisse la besogne aux autres, c'est trop fatigant, et ils ne t'en auront aucune reconnaissance. Et un homme n'est vraiment achevé, vraiment digne et vraiment beau que lorsqu'il est sorti des bras et des draps d'une femme plus âgée que lui. Et lorsqu'il en est douloureusement sorti. Ne te contente pas des garçons de plage, qui promènent des pisseuses dans des automobiles décapotables et agitent leur corps souple sur des planches de surf. Prends un homme chauffé, brûlé, même, d'un amour trop fort pour lui. Ce qui est assez facile. Car les hommes d'aujourd'hui ne peuvent plus qu'être tièdes. L'existence qu'ils doivent mener ne leur laisse plus de loisirs, plus de forces, plus d'audace pour l'amour. L'audace, la force, les loisirs, même, ils sont, aujourd'hui, tenus de garder tout ça pour leurs micro-ordinateurs ou pour se battre contre les Japonais. C'est fini, l'amour. Sauf chez les paresseux. C'est fini. Le moindre employé de banque dépense plus de temps et d'énergie pour un métier qui l'ennuie que pour une femme qui l'enchante. Sache-le, Florence, et choisis. Viens, maintenant, ton père nous cherche. »

L'ingénieur Leclerc et sa dame

L'ingénieur Leclerc et sa dame donnaient dans le genre gourmé. Recueilli. Pas un pli du visage ne bouge, et Dieu sait s'il y en a, des plis, sur leurs visages pétrifiés. Ils dansent comme effrayés du plaisir qu'ils y prendraient s'ils se laissaient aller, mais on se tient, bien sûr. Comme huilés. Il fait un pas en avant, elle fait un pas en arrière. Deux pas sur le côté, et hop! il lui prend la main, elle tourne, vérifie sa mise en plis, et un pas en arrière. Il suffirait de les regarder assez longtemps pour s'apercevoir qu'à l'évidence, ils dansent de la même façon sur toutes les musiques. Ils répètent les mêmes figures sur n'importe quel air, en pensant à autre chose, depuis trente ans. Et sans échanger un regard. Mais comment ces deux-là font-ils l'amour?

LXIV

Le retour ne fut pas très gai. Isabelle chantonnait, Florence pleurnichait et Frédéric ne cessait de parler. Il avait trouvé la soirée extra et appris quelques passes de rock qui lui donnaient grand espoir : d'habitude, il restait plutôt sur le bord de la piste, mais là, il s'était déchaîné. « T'aurais vu Catherine Pauly, comme je l'ai fait tourner. Elle ne savait plus où elle était. C'est con qu'elle ait perdu une boucle d'oreille, mais a-t-on idée, aussi, de s'encombrer de ces machins-là. C'est pas pratique.

– Affreuses, ses boucles d'oreilles! fit Isabelle.

– On dansera encore, Isa, à la maison?

– Pour que tu m'écrases encore les pieds, merci bien!

– Oh! ben le rock, c'est comme tout : affaire d'entraînement. »

Sylvie se taisait, un peu tendue, me semblait-il. Elle avait de la ressource et traverserait sans encombre cette petite zone de turbulences. Car ma décision était prise, évidemment, et rien ni personne ne m'arrêterait. On allait avoir un de ces chahuts. J'étais dégrisé, bien sûr, mais extraordinairement léger.

« Au fait, papa, je t'ai inscrit.

– A quoi, mon Frédo?

– Au foot. Il y a un match, demain, avec quelques gens du mariage. Tu es dans mon équipe. Arrière latéral, ça te va? Moi, je suis libéro.

– Tu n'iras pas, Olivier.

– Pourquoi pas, ma chérie?

– Ah! si, papa, viens! On joue contre l'équipe de Jérôme.

– Avec toutes ces histoires, poursuivit Sylvie. Ce sera du joli.

– C'est qu'il y a bien longtemps que je n'ai pas joué, tu sais, Frédéric. Je ne sais pas si je pourrais vous être d'un grand secours.

– Oh! papa, s'il te plaît!

– D'accord, mon Frédo, d'accord. Ce sera la piquette, mais enfin... »

Je posai la main sur le genou de Sylvie.

« Ce n'est qu'un jeu, ma chérie.

– Drôle de jeu! »

Et j'accélérai pour doubler le docteur Robert.

« Tiens, Florence, ton copain! » dit Isabelle.

Florence pleura plus fort encore.

LXV

Nous n'avons pas dormi de la nuit. Sylvie voulait savoir. Eh bien, elle a su. Tout. Ce que j'avais décidé, ce que j'allais faire, les embêtements qui suivraient, et que cela ne durerait pas. Nos vaches maigres, en quelque sorte. Ça ne lui déplut pas.

« Nous allons peut-être commencer à vivre...

– Et on va s'amuser, crois-moi. »

Dans la matinée, Régis vint pleurer chez moi. Il avait tout appris, tout. Il n'y était pour rien, je le jure! Ils m'ont eu, moi aussi, Olivier, je suis un otage, là-dedans, ficelé de partout, je ne peux rien faire.

« Il y a pourtant bien des irrégularités, Régis, dans cette affaire.

– Je les ai cautionnées. Je ne savais pas ce que je faisais. Ils m'embrouillaient tellement, tu comprends, avec leurs histoires. Ma responsabilité est engagée, à présent. Je ne peux rien faire, rien. »

Il était dans un de ces états! Pas beaucoup dormi, lui non plus. Mais tout cela n'était pas grave, allons, Régis!

« Ah! ils nous ont eus, tout de même.

– Que veux-tu, mon pauvre! Entre ta grand-mère, ton père, ta femme et, maintenant, ton fils, tu as une vocation de...

– Oh! ça va, hein! »

Puis, se radoucissant :

« Heureusement, Laetitia est mariée. C'est le principal. »

LXVI

PUIS, je passai à la banque régler toutes ces histoires. Mon oncle Alfred y était déjà, un peu rougissant, avec l'aide de Michèle, son ancienne secrétaire, tout heureuse de reprendre du service pour ces temps de crise. Il avait tout préparé.

« Tu m'excuseras, mon petit. Mais je voulais y voir plus clair dans ces paperasses. »

Tout était débrouillé, comptes établis, procédures à suivre, lettres tapées, conseil d'administration extraordinaire convoqué pour demain, conférence de presse prévue, tout. Je n'avais plus qu'à signer.

Je signai.

Une lettre à maître Hernage : la banque Dumain retirait son soutien à l'entreprise Vaudant. Une lettre à chacun des conjurés : la banque Dumain ne pouvait faire plus pour eux que ce qu'elle faisait déjà. Une lettre à Régis Vaudant : je l'assurais de mon amitié et démissionnais de son conseil d'administration. Une lettre de démission de mon poste de directeur général et de ma fonction de vice-président de la banque Dumain. Ma dernière décision : Alfred Dumain reprenait la direction de l'affaire.

« Place aux jeunes, mon oncle! »

LXVII

La partie avait lieu sur le terrain de sport du collège Saint-Jean. J'y revenais pour la première fois depuis trente ans. J'y avais été assez heureux. J'étais heureux partout.

Nous appelions ce stade « la Revanche des cancres ». C'était idiot, mais c'était vrai. A notre grand étonnement, se révélait sur ces pelouses une hiérarchie différente de celle que les soutanes nous apprenaient à respecter. C'était un autre univers, où nous tâchions de nous affranchir de ce monde un peu rance où nos places étaient prêtes. Nous étions sauvages, et on nous enseignait à mettre un peu d'ordre dans nos bousculades, à faire de nous des agités de race, nous écrasant dans du sable, sautant par-dessus des haies, nous élevant à la force des bras, en nous brûlant les mains, vers un anneau rouillé, qui crissait, nous faufilant avec un ballon de rugby entre des javelots fichés à terre, dégageant lourdement des boules de plomb, piétinant, hagards, pendant trois kilomètres sur la cendre légère, tirant un souffle d'on ne savait où, sautant pesamment par-dessus un élastique, nous éboulant sur des tapis mousse, happant des jambes un vieux cheval d'arçons au cuir crevé, et qui laissait échapper un crin dont Pierre Pitard nous disait que c'était des poils de femmes. Nous rougissions. « Des poils de femmes? – Oui, expliquait-il en haussant les épaules, des poils de femmes. Ils sont plus drus, plus secs que les nôtres. Hérissés, piquants, aigres. » On nous enseignait à nous contrôler en tout, mais à nous pousser plus loin. Plus loin de quoi? Plus loin des autres, bien sûr. Mais aussi plus loin de nous-mêmes, nous prolongeant le bras par le javelot, le poing par le poids, les hanches et les mollets par le saut, l'œil par le fleuret, les jambes par la nage.

Je n'étais pas doué pour le sport, mais j'aimais retrouver ce stade en septembre, ce temps béni qui vide les plages et remplit les écoles, où les moutons descendent des alpages pour regagner bergeries et bureaux, où « les prix littéraires agitent leurs longues oreilles » et où la pluie tiède rince nos bronzages et nos amours. C'est que je n'étais pas comme les garçons de mon âge, qui ne tiennent pas en place, sortent un ballon du sac lorsqu'ils sont sur la plage, courent pour sentir le vent leur glisser sur le torse, gambadent sur le pont des bateaux pour régler les voiles et aller plus vite, mais plus vite vers où? Oh! bien sûr, je me suis parfois mêlé à eux, jouant au volley, participant à des régates, sautillant sur un court de tennis, me traînant sur les greens ou filant les pistes de ski. Mais ces exercices me fatiguaient quand ils semblaient les délasser. Ils avaient ça dans le sang, comme nos belles amies des plages, commençant à danser à la première mesure, avec une candeur et une précision telles que la musique semblait leur naître des hanches, fuser de leur ondulation, et qu'elle se serait arrêtée si elles avaient cessé de danser.

Et moi, pendant ce temps, je m'ennuyais férocement, lourd et suant, je ne dansais pas : « j'étais contre », comme on disait à l'époque. En fait, j'étais vieux. Je suis né vieux.

Les spectateurs s'éventaient, à l'abri des ombrelles, assis sur les gradins de pierres chaudes, strillées de lézards que les enfants tâchaient en vain de saisir. Nous sortîmes des vestiaires – desquels les femmes avaient été soigneusement éloignées, était-ce une place pour elles? – en riant, ridicules, peut-être, mais joyeux. Dans mon équipe, Patrick Niget et Alain Bouchet conduisaient l'attaque. Venaient, en milieu de terrain, Hervé Vaudant, le petit docteur Robert, Germain Fiducier, le Gégé à sa Carole et Philippe Lamy. En libéro, Frédéric. A l'arrière, Jean-Louis Parodeau et moi, Antoine Char gardant les buts. Les blancs étaient menés par Jérôme. L'arbitre était le vieil abbé de Tanges, qui avait donné le goût du football à trois générations de collégiens.

Nous étions ridicules, peut-être. Mais je retrouvai un peu de mes sensations d'autrefois. En entrant dans les vestiaires, qui sentaient l'eau de Javel, la sueur et l'embrocation, puis sur la pelouse sèche, un peu haute, où poussait du trèfle, je me sentis tel que j'étais à quinze ans. Hélas, en commençant à jouer, il m'a bien fallu me rendre compte que l'homme vieillissant avait éteint le jeune homme si peu fougueux.

Il y eut un quart d'heure un peu mou où tout le monde rigolait, faisait l'imbécile, saluait le public qui agitait les mains. Public très élégant, bien sûr. Rien à voir avec ces types trop gros ou trop maigres, trop rouges ou trop sales, qui s'énervent dans les tribunes populaires des stades municipaux, pissent leur bière à la mi-temps, allument des feux de Bengale, font jouer drapeaux, crécelles et trompettes, et sifflent tous ceux qui ne portent pas leurs couleurs, ho-ho-ho-ho-ho-hisse, enculés!

J'étais dans un état de bonheur fou, éperdu de joie de sentir l'odeur de l'herbe, le vent claquant les maillots, et cette fraternité factice à laquelle on veut croire, et qui fait que l'on s'oublie pour ne plus faire qu'un, cherchant son prolongement chez les autres, se découvrant par des regards, des appels, des bras tendus. Au bout d'un quart d'heure, je savais qu'Hervé Vaudant ne gardait jamais le ballon, le passant tout de suite à Patrick Niget. Que celui-ci feintait avec astuce, lançant ses adversaires – ses partenaires, parfois! – sur de fausses pistes. Que Jérôme avançait seul le plus loin possible (ça énervait Dulong, qui multipliait les appels de balle) et vers Parodeau, changeant de pied au dernier moment pour le déséquilibrer. Au bout d'un quart d'heure de jeu haché, poussif, hésitant, les deux équipes se resserrèrent, poussant leurs buteurs, se répandant sur le terrain, esquissant quelques attaques. Il y eut du nerf, un peu de panache, quelques actions qui firent frémir. La partie était lancée.

Cette fraternité bonhomme me troublait. Tous mes conjurés étaient sur le terrain, tous. J'avais un peu redouté des remarques, des allusions, des agressions, même. Rien. Nous jouions ensemble, et pour la première fois. Si ce match avait eu lieu hier, rien, je crois, ne serait arrivé. Mais il était trop tard. Nous ne pouvions que savourer ce moment de grâce, pas très gracieux, d'ailleurs, lourd, maladroit, mais pur. Nous avions quinze ans et comme nous avions été bêtes de nous déchirer. Mais il le fallait, sans doute, et tout irait jusqu'au bout.

« Papa, à droite! »

Frédéric. Il parlait tout le temps, organisait, plaçait les joueurs, sentait le danger et les ouvertures possibles. A droite déboulait Bernard Dulong, fonçant un peu lourdement vers le but, balle au pied, ne regardant rien. Je réussis à capter le ballon, immobilisant mes partenaires, tous les joueurs, avant de passer à Antoine Char.

« Arrêt-réflexe, bravo! on a eu chaud! »

LXVIII

Sylvie ne nous avait pas quittés des yeux pendant toute la partie et nous attendit à la sortie des vestiaires, où nous avions braillé notre victoire. Joli but de Frédéric qui, comme Bracigliano à Nantes, contre les Partisans de Belgrade, partit des vingt-cinq mètres, éliminant quatre adversaires, rusé, habile, endiablé, irrésistible, et plaça le ballon dans les buts. Un vrai coup de poignard, quel soleil, tout à coup! Et Frédéric se précipitant dans mes bras. J'en aurais pleuré.

« Moi, j'ai pleuré, dit Sylvie. J'étais très fière de vous.

– Et pour toi, tout s'est bien passé, tu ne t'es pas trop embêtée?

– Non, je bavardais. J'étais à côté de Marie-Cécile Bouchet.

– Alors?

– Alors, tout le monde croit que tu as cédé, que tu as accepté leurs conditions. Ta participation au match est un aveu, pour eux. Donc, pour eux, c'est fini. Ils ont eu ce qu'ils voulaient, tout va bien.

– Vraiment, eh bien, ils vont en faire une tête, demain! »

LXIX

Et je me retrouve ce matin à la gare. On s'est bien amusés, hier. Lisez le journal, vous verrez. Je n'étais pas à la conférence de presse, mais ce fut féroce, je le sais.

Cette cabale contre ma banque n'était pas l'idée d'Hervé Vaudant. C'est Rivet et Fiducier qui ont monté le coup, ceux-là mêmes qui, samedi, m'avaient mis en garde de loyale façon. Sans l'oncle Alfred, leur plan aurait pu réussir. Mais le vieil aigle veillait, et c'est fini pour eux. Rivet est flanqué à la porte, Fiducier condamné, à la suite d'un accord secret entre mon oncle et lui, à laisser à la banque tous ses capitaux, c'est-à-dire la quasi-totalité des capitaux de Bouchet, Chasenin, Odelin, Parodeau, Dulong, Lamy et Hervé Vaudant, puisque Fiducier (on ne le savait pas) est majoritaire dans toutes leurs affaires. La banque Dumain n'est donc pas touchée dans cette histoire; c'est elle, à présent, qui mènera la danse. Mais sans moi.

Pour la Vaudant, plus d'espoir. Lâchée par la banque, elle ne peut plus tenir et la liquidation de biens sera prononcée. Deux mille familles sur le pavé. Je m'en moque. Je pars. Sylvie et les enfants restent ici quelque temps. Après quoi, nous verrons. J'ai besoin d'air. Cette ville ne me reverra pas. Les gens du Cours non plus. De l'air!

LXX

C'EST tout simple : je prends mes distances. Moi aussi, comme ces monstres des faits divers, j'ai massacré tout un village et je pars. Je ne veux plus les voir, ni eux ni personne. C'est qu'il y a tant de monde partout. Tant qui nous séduisent, tant à qui on voudrait plaire, tant que l'on pourrait aimer. Pourquoi faire, grands dieux? N'a-t-on pas assez de mal à se trimbaler dans l'existence pour se charger de tous ces gens? De ces amitiés qu'on pourrait avoir, de ces amours dont on pourrait souffrir? « Avoir un chien, me dit toujours le comte Repère de Saint-Naud, c'est se condamner à avoir un chagrin dans les quinze ans qui viennent. » Soit. Mais alors, avoir des amours, n'est-ce pas se condamner à des déchirements? Avoir des amitiés, n'est-ce pas se condamner à des trahisons? Boire des verres, n'est-ce pas se condamner à la goutte?

Et ne rien faire de tout cela, c'est quoi? Vivre sans chien, sans amis, sans amours, sans voiture, manger des carottes râpées, ne boire que de l'eau gazéifiée, ne pas lire de romans pour ne pas avoir de mauvaises pensées, se protéger de toutes parts, ne plus donner de travail à son ange gardien, ne plus donner de soucis à son saint patron, ne plus faire se froncer les sourcils de Dieu, n'est-ce pas se condamner à une vie de topinambours?

A peine sommes-nous les gérants de nos existences. Raison de plus pour être méfiants, comme les petits papies des stades, qui ont des ordres et pas d'états d'âme, et ne connaissent que le règlement; ou comme ces portiers des boîtes de nuit d'Alain Bouchet qui, sous des prétextes divers, ne laissent entrer que ceux qui leur plaisent. Les autres sont tenus à distance. Eh bien, tenons à distance, ce qui est la meilleure façon de ne pas se laisser atteindre, de n'être ni touché ni blessé, de passer.

Dorénavant, je veux être ce monsieur qui passe. Je veux passer, surtout. On ne peut qu'à distance laisser admirer sa culotte de soie, les belles fleurs rouges de son gilet, ses breloques de montre battant sur sa panse. On doit sourire de toutes ses dents, saluer largement, lâcher de petits rires et s'enfoncer dans la brume, gardant pour soi son lot de minables secrets et de légers tracas. Un homme poli est d'abord un homme lisse, sur lequel rien jamais n'a de prise.

La distance respectable à laquelle j'entends désormais tenir autrui n'est, en fait, rien d'autre qu'une distance respectueuse. De soi et des autres. Tous ces gens qui se jettent sur vous pour vous demander de vos nouvelles et vous donner des leurs, arrière! pour vous offrir leur aide ou obtenir la vôtre, arrière! arrière! Arrière aux donneurs de leçons, aux donneurs de conseils, à ceux qui se souviennent de vous quand vous étiez petits, à ceux qui vous demandent ce que vous ferez plus tard, à ceux qui veulent savoir qui vous êtes, ce que vous faites de votre soirée ou de vos vacances, avec qui vous dormez, à quoi vous croyez, pour qui vous votez! Arrière à ceux qui veulent vous convaincre de changer votre vie, de faire du sport, de faire le mort, de manger du porc, de virer de bord, de vous occuper de votre corps, de coucher dehors, de ne pas perdre le nord, et puis quoi, encore? Arrière! qu'ils nous lâchent un peu!

Je veux aussi prendre de la distance avec moi-même, vivre ma vie comme s'il s'agissait de celle d'un autre, avec détachement et ce certain ennui qui, par désœuvrement, fait regarder ce qu'on ne verrait pas si on gardait le nez écrasé contre soi-même. C'est que nous avons toujours la vanité de vouloir nous faire une opinion sur ce qui nous arrive, comme si nos opinions avaient une importance! Les faits sont indifférents, c'est bien notre opinion qui les rend mauvais ou bons. Mais que vaut notre opinion? Acceptons donc les bonnes et les mauvaises choses avec ce détachement que nous aurions si elles arrivaient à un autre. Même mes sentiments, je veux les détacher de moi, qu'ils se débrouillent sans moi!

Je veux vivre à côté de ma vie, sans ambition autre que d'aller jusqu'au prochain verre, d'enfiler la prochaine chaussette, de me laver l'autre oreille ou de marcher jusqu'au prochain réverbère. M'étant persuadé que le plus important de l'existence est de savoir ce qu'on va faire entre le moment où on se lève et le moment où on se couche, je ne veux plus me poser aucune question pour être dispensé du souci d'y apporter des réponses. La vie est une affaire simple que nous nous compliquons pour nous donner de l'importance, sans voir qu'à la traiter ainsi nous la rendons tout à fait dégoûtante. Alors, basta! je m'en vais, et je les quitte. Je ne veux plus voir ça, qui a désolé ma vie pendant quarante-cinq ans.

Je ne veux plus voir, au restaurant, l'air inspiré de l'homme d'affaires, sourcils froncés, avec cette façon d'hésiter, de récapituler les plats qu'ont choisis les convives, et tout ça pour, invariablement, sortir : « Un petit rouge frais, hum? un petit champigny? Alors, parfait... » Et cette mine de triomphe du type qui s'est fort bien tiré d'une épreuve difficile. Je ne veux plus voir ces débats à la Chambre de Commerce, où le président rote son cognac et s'assoupit dans ses mentons. Je ne veux plus entendre les mots de leurs enfants, puis de leurs petits-enfants, qu'ils vous répètent sans se lasser pendant des années. Je ne veux plus monter dans ces trains d'hommes d'affaires, le matin, puant l'eau de toilette, ouvrant leur serviette pour sortir leur calculatrice et préparer leurs dossiers, avant de « refaire la boîte » avec leurs collègues. Je ne veux plus écouter ceux qui vous expliquent leurs combines pour ne pas payer une automobile en récupérant les trois cinquièmes de la TVA si on la revend quinze mois après l'avoir achetée, à condition que ce soit une nuit de pleine lune et que la caissière de la concession ait un retard de règles de deux jours. Je ne veux plus m'extasier sur les photos de leurs vacances. Je ne veux plus me rendre à dîner chez une maîtresse de maison qui me dit : « Je vous préviens, c'est à la bonne franquette! » Je ne veux plus qu'on m'explique, en me tapant dans le dos, que je vaux mieux que ce que j'ai. Je ne veux plus faire semblant d'admirer ceux qui mettent du vin en bouteilles et qui clignent de l'œil en vous faisant goûter leur piquette : « C'est un vin de récoltants, une bonne adresse qu'on se refile entre nous, vous la voulez? » Je ne veux plus être convaincu par ceux qui me parlent politique et qui ont toujours des informations confidentielles parce qu'ils connaissent quelqu'un qui connaît quelqu'un qui connaît le dessous des cartes. Je ne veux plus serrer la main de ceux à qui on ne la fait pas. Je ne veux plus être collé par ceux qui vous disent, quand ils ont bu, des choses qu'ils regrettent ensuite et qui vous font la gueule. Je ne veux plus recevoir les petits cons qui déboulent dans votre bureau avec de grandes idées et qui vous méprisent de ne pas les avoir eues. Je ne veux plus opiner du chef à ceux qui me disent que les plus défavorisés n'ont qu'à se remuer un peu pour parvenir à une situation où eux-mêmes sont arrivés sans effort. Bref, je ne veux plus voir, entendre, rencontrer, saluer tous ceux qui se croient les maîtres du bordel, et avec qui j'ai passé ma vie jusqu'à présent.

Ah! oui, je les déteste bien, et comme j'aime, mon Dieu, le mal que je leur ai fait. Le mal? Non, je ne leur ai fait aucun mal, au contraire, je les ai réveillés, je les ai forcés à sortir d'eux-mêmes. Je les vois d'ici se débattre dans leurs difficultés. Et, ma foi, je m'en réjouis. Pour eux. Comme ils vont être malheureux! mais comme ils vont s'étonner! Eh bien, à leur santé! Et Château Bougon!

La Douettée, juin 1990

Achevé d'imprimer en août 1992
sur les presses de Cox & Wyman Ltd
(Angleterre)

Dépôt légal : septembre 1992
Imprimé en Angleterre